よろず占い処　陰陽屋百ものがたり

天野頌子

ポプラ文庫ピュアフル

もくじ

# よろず占い処　陰陽屋百ものがたり

## ◆登場人物一覧◆

安倍祥明（あべのしょうめい）　陰陽屋の店主。陰陽屋をひらく前はクラブドルチェのホストだった。

沢崎瞬太（さわざきしゅんた）　陰陽屋のアルバイト高校生。実は化けギツネ。新聞部。

沢崎みどり　瞬太の母。王子稲荷神社で瞬太を拾い、育てている。看護師。

沢崎吾郎（ごろう）　瞬太の父。勤務先が倒産して主夫に。趣味と実益を兼ねてガンプラを製作。

沢崎初江（はつえ）　吾郎の母。谷中で三味線教室をひらいている。

小野寺瑠海（おのでらるみ）　みどりの姪。気仙沼の高校生。男児を出産。

安倍優貴子（ゆきこ）　祥明の母。息子を溺愛するあまり暴走ぎみ。

安倍憲顕（のりあき）　祥明の父。学者。蔵書に目がくらんで安倍家の婿養子に入った。

安倍柊一郎（しゅういちろう）　優貴子の父。学者。やはり婿養子。学生時代、化けギツネの友人がいた。

山科春記（やましなはるき）　優貴子の従弟。主に妖怪を研究している学者。別名「妖怪博士」。

槙原秀行（まきはらひでゆき）　祥明の幼なじみ。コンビニでアルバイトをしつつ柔道を教えている。

**葛城小志郎**（かつらぎこしろう）　クラブドルチェのバーテンダー。実は化けギツネ。月村颯子を捜していた。

**雅人**（まさと）　クラブドルチェの元ナンバーワンホスト。現在はフロアマネージャー。

**燐**（りん）　クラブドルチェの現在のナンバーワンホスト。王子さまキャラ。

**高坂史尋**（こうさかふみひろ）　瞬太の同級生。通称「委員長」。新聞部の部長。

**江本直希**（えもとなおき）　瞬太の同級生。自称恋愛スペシャリスト。新聞部。

**岡島航平**（おかじまこうへい）　瞬太の同級生。ラーメン通。新聞部。

**三井春菜**（みついはるな）　瞬太の同級生で片想いの相手。陶芸部。祥明に片想い。

**倉橋怜**（くらはしれい）　瞬太の同級生で三井の親友。剣道部のエース。

**青柳恵**（あおやぎめぐみ）　瞬太の同級生。瞬太に失恋。演劇部。

**遠藤茉奈**（えんどうまな）　瞬太の同級生。高坂のストーカー。新聞部。

**浅田真哉**（あさだしんや）　瞬太の同級生で高坂をライバル視している。パソコン部。

**白井友希菜**（しらいゆきな）　新聞部の後輩。中学の時から高坂に片想い。

**山浦美香子**（やまうらみかこ）　瞬太のクラス担任の音楽教諭。通称「みかりん」。

**金井江美子**　陰陽屋の常連客。上海亭のおかみさん。

**仲条律子**　陰陽屋の常連客。通称「プリンのばあちゃん」。

**月村颯子**　化けギツネの中の化けギツネ。別名キャスリーン。優貴子の旅行友だち。

**月村佳流穂**　颯子の娘。飛鳥高校の食堂で働いていた。通称「さすらいのラーメン職人山田さん」。

**葵呉羽**　颯子の姪で瞬太の生みの母。結婚後ずっと連絡がとだえていた。

**葛城燐太郎**　葛城の兄で瞬太の実の父。月村颯子に仕えていたが十八年前に死亡。

# 第一話

# 国立（くにたち）あやかし綺譚

# 一

はるか先までまっすぐに伸びる広い道路の両側に、満開の桜並木が続く。

母のお伴(とも)でおとずれた国立市(くにたち)は、なかなか美しいまちだった。

「ただいま、蜜子(みつこ)です」

母が、勝手知ったるなんとやらで、実家である安倍(あべ)家に勝手にあがりこもうとすると、物音を聞きつけた家人が玄関まででてくる。

「まあ、春記(はるき)さん、久しぶりね。すっかり立派になって。京都大学の大学院で勉強しているんだったかしら？」

「いえ、大学院は卒業して、今月から大学で教えることになりました。といっても非常勤講師ですけどね」

「あら、最近は少子化のせいで、講師のポストを獲得するのも大変だって聞いたわよ。おめでとう」

母に似ているような、似ていないような顔立ちで、いかにもしっかり者といった感じの女性が、母の妹の安倍寧子だ。品の良いねずみ色の着物に、黒の喪帯という、落ち着いた装いが美しい。

一方、美容、特にアンチエイジングにありったけの時間と情熱を傾けている母の山科蜜子は、蘭のようにあでやかな赤紫の着物に、真っ赤なばらの柄が入った黒い帯だ。本人はこれでもかなり地味にしてきたつもりらしい。

「お姉さん、その帯の赤い花は、菊なのかしら？」

「ばらに決まってるじゃない。死んだお母さん、ばらの花が好きだったでしょ？　供養よ、供養」

「ばらが好きだったとは初耳だわ」

堂々とうそぶく母に、寧子叔母は苦笑いだ。

この姉妹が並ぶと、まるで叔母の方が年上のように見えるが、そもそも母が異常なのであり、叔母は年相応なのである。

「春記君は国立は初めてかね？」

浮世離れした風情をただよわせるやせた老人が、叔母の夫の安倍柊一郎氏だ。

まだ七十にはなっていないはずだが、十センチほどの長さのある白い顎髭のせいか、あたかも世捨て人か仙人といった風貌である。

実際、柊一郎さんは宗教学と民俗学という、なかなかマニアックなジャンルの研究者だ。もっとも、僕もひとのことは言えないが。

「東京には何度か来たことがありますが、国立まで足をのばす機会がなくて」

「そうか。ゆっくりしていってくれたまえ」

柊一郎さんは優しく微笑む。

「あら春記君、ついに来たのね。ヨシアキに会うのも初めてでしょう？　あの子、どこに行ったのかしら？　こっそり藁人形でも作っていたりして」

明るく話しかけてきた三十代の女性が、安倍優貴子さんだ。柊一郎、寧子夫妻の一人娘で、僕にとっては従姉にあたる。

ゆるくウェーブのかかった長い髪に、どこかあどけなさを残す美しい顔立ち。ミルク色の肌に優美な黒いワンピースがよく似合う。しかしその言動はしばしば型破りで、ユニークかつミステリアスだ。

ちなみにヨシアキというのは、優貴子さんの息子の名前である。

「君じゃないんだから、ヨシアキは藁人形なんか作らないよ。たぶんまた書庫じゃないかな？　あの子は暇さえあれば、いつも書庫に入りびたっているからね」

優貴子さんの疑問に答えたのは、夫の憲顕さんだ。

四十すぎの、温厚そうな紳士だが、優貴子さんと十年以上にわたって夫婦関係を継続できるなど、尋常ならざる忍耐力の持ち主に違いない。

なお、憲顕さんも、大学で教鞭をとる学者である。

「ヨシアキのことだから、放っておくといつまでも本を読んでるかもしれないし、よびに行った方がいいかしら？」

「僕が行こう。春記君、せっかくだから一緒に書庫に来ないか？　ここの蔵書の質と量は一見の価値があるよ」

「はい、ありがとうございます」

憲顕さんの言葉に、僕は内心、ほくそえむ。

なにせ今回の上京における一番の目的は安倍家の書庫で、祖母の法事はついでと言ってもいいくらいなのだ。

僕は足どりも軽く、憲顕さんについて書庫にむかった。

# 二

安倍家の書庫はレンガ作りのどっしりした古い建物だったが、ちゃんと空調設備が導入されている。紙の書物は湿気を嫌うのだ。

憲顕さんが引き戸をあけると、予想以上の蔵書量に、僕は圧倒されそうになった。すべての書棚が高い天井まで本でぎっしりと埋めつくされている。

しかもただ多いだけではない。そのほとんどが貴重な古書なのだ。

「ヨシアキ、今日は法事なのに、まだ着替えていないのか？　そろそろ住職さんがみえる時間だから急ぎなさい」

憲顕さんが書庫の奥にいる息子に声をかける。

「ああ、今日でしたっけ……。今どき法事を自宅でやるなんて、東京中でうちくらいですよ」

板張りの床に座り込んだ細身の少年が、和綴(わと)じの書物に視線を落としたままつぶやいた。憲顕さんが嘆(なげ)いた通り、ボタンダウンの白いシャツにカーキグリーンのパンツ、アーガイルの模様が入ったニットのカーディガンというカジュアルな服装である。

「自宅で伝統的な法事をやるのは、宗教学者としての一種のフィールドワークだよ。昨日も説明しただろう？」

フィールドワークとしての法事！

さすがは学者一家、発想がぶっとんで、もとい、独特だなと僕は感心した。

「わかってるよ」

少年は不機嫌そうにパシッと本を閉じた。

「あっ、古い書物の扱いはもっと丁寧に……！」

「え？」

僕が思わず注意すると、少年はやっと顔をあげた。

優貴子さんによく似た、はなやかな顔立ちのきれいな少年だ。真っ黒な大きな瞳、すっきりとのびた鼻筋、気の強そうな眉にかかるつややかな黒髪。

「崩壊の危険がある本はむこうの棚にしまわれているから大丈夫です。ところであなたは？」

「お母さんの従弟の山科春記君だよ。法事に出席するために、蜜子伯母さんと一緒に京都から来てくれたんだ」

憲顕さんの説明に、少年は、ああ、と、つぶやく。

「はじめまして、ヨシアキ君。おや、『諸国百物語』かい？　なかなか良い趣味をしているね」

僕はヨシアキ少年が手にしていた本のタイトルに目をとめた。

『諸国百物語』とは、江戸時代に刊行された書物で、その名の通り、百本もの怪談が集められている。

「って、まさか、原本じゃないよね⁉　たしか完本は東京国立博物館にしかないはずだけど⁉」

つい僕は興奮してしまった。

「ああ、うちのは四巻が抜けてるから完本じゃありません」

「そうか……」

そうか、と、言いつつ、うらやましさで気が遠くなりそうだ。

さすが知る人ぞ知る安倍家の書庫。

若き貧乏学者たちが蔵書に目がくらんで安倍家に婿入りした気持ちが、よくわかる。

母がうまれた安倍家は、平安の昔まで家系図をさかのぼれる由緒正しい学者の家系なのだが、いつの頃からか、男児がうまれにくく、たまにうまれても早死にしてしまうという不吉なジンクスに悩まされるようになっていた。

そこで安倍家は、代々たくわえた蔵書を餌に、学問に秀でた美しい若者を婿養子として迎えることにした。

柊一郎さんも憲顕さんもそのクチである。

だが、僕には彼らを責める気にはなれない。

なにせわが山科家には、金はあるのに、ろくな本がないのである。

それというのも、本来、安倍家の跡取り娘だった我が母、蜜子が、貧乏な学者の妻になんかなりたくないと、すばらしく優秀だが貧乏な学生との縁談を妹に押しつけて、学問にはまったく興味がないが金はある父を結婚相手に選んだせいだ。

まあ、父は、今も昔も母に首ったけだし、金だけが取り柄（とりえ）というわけでもないのだが、それにしても、もしも母が安倍家をついでいれば、この蔵書は自分のものだったかもしれない。

あの本も、この本も、その本も、すべてが……！

よそう。

考えれば考えるほど虚しくなる。

こんなふうに悲しみの淵のどん底に沈められる予感があったから、なるべく母の実家には近づかないようにしていたのに。

それもこれも、父がよりによって法事の前日に、ゴルフ場で転倒し、足首を捻挫したりしたせいである。

三

「春記君、大丈夫かね？」

「え？」

ふと気がつくと、憲顕さんがいぶかしげな表情でこちらを見ていた。

「さっきからすごい形相で本棚をにらんでるから、幽霊でも見えてるのかと、心配になってしまったよ」

「残念ながら霊感はないんです。でもたしかに、この古い書庫には、幽霊がでても不思議ではない雰囲気がありますね。ヨシアキ君は、いつもここで一人で本を読んでいて、怖くないのかい？　今も怪談集を読んでいたけど」

「怖い……？」

少年がかしげた白く細い首に、僕ははっとした。

この少年は、例の、安倍家のジンクスを背負って生まれた男の子なのだ。

身長はかろうじて一六〇をこえていそうだが、全体的にほっそりしていて、きゃしゃな身体（からだ）つきをしている。

どう見ても同世代の少年たちよりも、弱々しい……。

かわいそうだが、久しぶりに安倍家に誕生した男の子は、不吉なジンクスの通り、長くは生きられないのかもしれない。

運良く成人できたとしても、偉大な祖父と優秀な父のあとをつぐ以外の道はゆるされないだろう。

そんな気の毒な子をおびえさせるようなことを言うなんて、この僕としたことが、大人げない振る舞いをしてしまったものだ。

「ごめんごめん、冗談だよ。怖がらせるようなことを言ってすまなかったね」

「別に。怖くなんかありませんから」

「そう？　ヨシアキ君は勇気があるんだね」

「見えないものを怖がるなんて、意味がわからないと思っただけです」

少年は、フッ、と、唇の端に笑みを刻んだ。

おやおや、なんだか生意気な顔をしているぞ。

いや、中学生なんて生意気ざかりなお年頃だから、こんなものだ。

僕は大人の余裕で受け流すことにした。

「さすが一人で怪談集を読んでいただけのことはあるね。怪談が好きなの？」

「ただの暇つぶしです」

ん〜、生意気な上に、照れ屋さんなのかな？

「そう？　でも面白いよね。妖怪とか幽霊とか。実は僕は妖怪学を研究してるんだけど」

「妖怪学？　そんな学問は聞いたことないな。自称研究者ですか？」

何だと!?

思わず声を荒らげてしまいそうになるのを、ぐっと飲み込んだ。

子供相手に取り乱すのは、僕の美学に反する。

あえてにっこりと、満面の笑みをうかべた。

「その名の通り、妖怪を研究する学問だよ」

「そうでしょうね」

満面の笑みをひきつらせないために、若干の努力が必要だった。

相手は気の毒な子供なのだ。

相手は気の毒な子供なのだ。

なんとか自分の堪忍袋の緒を切らぬよう、心の中で、繰り返し呪文をとなえる。

「ここには、妖怪関係の書物もたくさんありそうだけど」

「ありますよ。『日本霊異記』とか『今昔物語集』とか。他にもいろいろ読みました」

あるのか!?

ひょっとして、原本が!?

聞きたいのをぐっと我慢する。

奥歯のかみしめすぎで歯が砕けそうだ。

笑顔、余裕の笑顔を忘れるな。

「ほう、読んだのかい？」

「ええ、暇つぶしで」

いちいち怒ったりしないよ、僕は心の広い大人だからね、はっはっはっ。

「ヨシアキ君、君、実は妖怪にすごく興味があるんじゃないの？」

「いえ、読み終わった本には興味がわきませんから」

こいつ、根性ねじ曲がってるんじゃないのか⁉

年頃とかそういうことじゃなくて！

眼鏡(めがね)のフレームを押し上げながら、つい僕は言ってしまった。

「ずっと本ばかり読んでいたんじゃ、友だちできないよ？」

「春記さんって、わりとつまらないこと言うんですね」

斜め下方を見て、ふう、と、これみよがしにため息をつく。

このクソガキ……！

ついに僕の堪忍袋の緒が限界に達した時。

「いつまでたっても戻って来ないと思ったら、もう仲良くなったの」

僕の背後に立っていたのは、優貴子さんだった。

「ええ、ヨシアキ君とすっかり話がはずんでしまって、時間を忘れていました」

僕はあやうく失いかけていた余裕の笑顔を、一瞬にしてとりもどした。

「ヨシアキはまだ制服に着替えてないの？　そんなにママに着替えさせてほしいのかしら、甘えん坊さんね。それから憲顕さん、そんなところで本を読んでちゃだめでしょ。まったくあなたたちときたら」

「ああすまない、面白そうな経典だったから、つい」

いつのまにか憲顕さんはサンスクリット語の仏教経典に読みふけっていたらしい。

「そういう優貴子こそ、その本は何だね？」

「これ？　楽しそうな本でしょ」

うふふ、と、かわいらしく笑う優貴子さんが手にしていたのは、『日本呪術大全』だったのである。

四

ヨシアキ少年は言うに及ばず、優貴子さんが優貴子さんなら、憲顕さんも憲顕さんだった。

一抹の不安をおぼえつつのぞんだ祖母の十三回忌だったが、残念ながら、もとい、幸いにも、読経、法話、墓参り、そして会食へと、順調にすすんでいく。

会食は仕出し屋からとったお膳だったのだが、はじまって十分もたたないうちに、僧侶がおもむろに立ち上がった。

「それでは本日はこれで」

やりとげ、そして燃えつきた感満載の顔をしている。

宗教学の大家の前で、読経はともかく法話はかなり緊張したに違いない。

「じゃあ、あたしも、そろそろおいとまするわね」

僧侶を見送ると、母も退散宣言をした。

母は買い物に行きたくてうずうずしているのだ。

もちろん荷物持ちの僕も、母と一緒に行かねばならない。

「あら、春記さんも帰ってしまうの？　三日間は書庫にこもるだろうと思っていたのに、意外ね」

寧子叔母の言葉に、僕はいかにも残念そうな顔で、首を横にふる。

あの書庫に未練がないと言えば嘘になるが、見れば見るほどうらやましくなるだけだ。

山科春記たる者、未練たらたらであっていいはずがない。

「とても残念ですが、いろいろ予定がありますので」

「あらそうなの？」

「伯母さんの荷物持ちも大変ですね」

余計な一言を発したのは、もちろんヨシアキ少年だ。

もはや生意気を通り越して、嫌みですらある。

「ヨシアキさん、失礼ですよ」

寧子叔母は慌(あわ)てて少年をたしなめたが、この程度の嫌みは想定の範囲内、かわいいものだ。

僕は奥歯をぎゅうぎゅうかみしめながら、さわやかな笑顔をつくる。

「ヨシアキ君、今日はようやく君に会えて嬉しかったよ」

「えっ？」

もちろん心にもない別れの挨拶だったのだが、少年がきれいな顔をしかめたのを僕は見逃さなかった。

「できれば怪談について、一晩かけて語り明かしたかったんだけど、もう時間なんだ。残念でならないよ」

両手を胸にあて、心をこめて、せつせつと語ってみせる。

「お、お気になさらず」

思った通りだ、かなり焦(あせ)った顔をしている。

これは面白い。

「お別れのハグをしていいかな？」

僕は満面の笑みで両腕をひろげた。

「嫌です！」

少年は一歩後じさる。

「じゃあキスでいいよ」

「絶対にやめてください！」

「つれないなぁ。悲しみで僕の胸ははりさけてしまいそうだよ」

生意気ざかりの中学生が本気で嫌がる顔がおかしくて、つい、しつこくやりすぎてしまった。

だが、そもそも喧嘩(けんか)をふっかけてきたのはむこうである。

これくらいの嫌がらせは許されてもいいだろう。

最後にいい憂(う)さ晴(ば)らしができて、僕は上機嫌で京都に帰ることができたのであった。

五

祖母の十三回忌の法事から十数年。

僕は二度と国立には近寄らなかったのだが、ヨシアキ少年の消息については、時折、母から伝え聞いていた。

無事に成人して、家族、特に優貴子さんを大喜びさせたこと。

安倍家の将来の当主にふさわしく、大学および大学院で優秀な成績をおさめ、着々と研究者への道を歩んでいたこと。

そして、ある日、母親の暴挙に耐えかねて、家をとびだしてしまったこと。

もちろん大学院もやめてしまったらしい。

あの安倍家の書庫を放棄するなど、にわかには信じがたいことだが、それだけのしうちを優貴子さんがしたということだろう。

「これまでもヨシアキ君がかわいがっている犬を勝手に捨てちゃったり、つきあっている女の子に嫌がらせをしたり、いろいろひどかったらしいわ。優貴子ちゃんの愛って、悪気がないぶん厄介なのよね」

「たしかに、それはあんまりだな」

僕の胸の奥で、あの超絶生意気な中学生に対する、わずかばかりの同情心がめばえたものである。

学問の道を断たれ、一人で、どうしているのだろう。

ろくにアルバイトなどしたこともないだろうに、路頭に迷っていなければいいが。

憂えずにはいられない。

別れ際にあんな憂さ晴らしをして、少しばかり大人げなかっただろうか。

優しい男のたしなみとして、僕は、ほんのちょっぴり反省したのであった。

ヨシアキ君が行方をくらましてから何度目かの十月の初旬。

紅葉の美しい鞍馬山にある旅館で、日本妖怪学の学会が開かれたのだが、そこで僕は、珍しい人と再会した。

柊一郎さんだ。

一段と仙人らしさが増した柊一郎さんは、かつての教え子の発表を見に来たのだという。

「その後ヨシアキ君の消息はつかめたんですか？」

「ああ、王子稲荷神社のそばで、陰陽屋という店をはじめたんだよ」

柊一郎さんは白い顎髭を撫でながら、目を細めた。

「陰陽屋？」

「陰陽師の店という設定でね、ヨシアキが白い狩衣を着て、占いやお祓いをしているんだ。なかなか面白い店だよ」

実際に訪れたことがあるような口ぶりである。

「ほう、陰陽師の店ですか。そういえばヨシアキ君の修論のテーマが、たしか、陰陽道でしたね」

「うむ。ヨシアキが接客業についたのは意外だったが、得意分野をうまく生かしたということだろう」

「ふーむ」

あの生意気な中学生が、店をだしたのか。しかも陰陽師の店ときたものだ。

そう聞いて好奇心がうずかぬはずがない。

僕は学会恒例の宴会をぬけだして、「王子稲荷神社　陰陽屋」でネットを検索してみた。

あるある。ＳＮＳには大量の画像も投稿されていた。ほとんどが店主である安倍祥明（あべのしょうめいと読ませているらしい）の白い狩衣姿だ。

すっかり背は高くなり、髪も長くのびていたが、きれいな顔立ちはあいかわらずである。

なになに、もとは伝説のホストだと？

しかも狐の耳をつけたアルバイトの少年がいるらしい。

ヨシアキ君にそんなマニアックな趣味があるとは知らなかったが、なんだか楽しそうじゃないか。

……行くしかない！

六

即断した僕は、早速、翌週、東京都北区王子へとむかった。

ＪＲ王子駅から王子稲荷神社へむかう森下通り商店街は、いかにも下町といった風情の、のどかな商業住宅地だ。国立の安倍家があるあたりは、閑静な住宅街なので、かなり雰囲気が違う。

王子稲荷神社の手前で、ネットにのっていた、陰陽屋のおしながきの看板を発見する。

ついに来たぞ。

わくわくしながら狭く暗い階段をおりていくと、突然、黒いドアがぱっと開いて、童水干姿の少年がとびだしてきた。

例のアルバイトだろう。

狐の耳に、狐の尻尾。なぜか片手に黄色い提灯をさげている。

「いらっしゃいませ」

明るい笑顔に、はつらつとした声で少年は僕を出迎えてくれた。

中学三年生くらいだろうか。

どこぞの超絶生意気な中学生とは真逆の、いかにも人なつこそうな子である。

「えーと、初めてのお客さんだよね？」

おやおや、客商売のアルバイトなのに、敬語は使えないようだ。だがそこがまた子供っぽくてかわいらしい。

「ヨシアキ君はいるかな？」

「ヨシアキ？　ああ、祥明（しょうめい）のことか」

少年よ、考えていることが口からだだもれているぞ。

「今、本屋さんに行ってるけど、そろそろ戻って来るんじゃないかな。お客さんは祥明の知り合い？」

「知り合いといえば知り合いだね」

「ふうん」

そう言って首をかしげた少年の目は、よく見たら金色だった。

しかも瞳孔が、昼間の猫のように縦長だ。

パタン、パタンとゆれる、ふさふさの尻尾。

この少年、もしや、妖狐か……？

いや、もしやも何も、九五パーセントの確率で妖狐だろう。

人生のほとんどを妖怪研究についやしてきたこの僕の目は誤魔化せないよ。

妖怪博士の異名は伊達じゃない。

ただ、妖狐にしては、賢さに欠けるというか、普通すぎるところがマイナス五だな。

そこがかわいらしくもあるのだが。

「あの……知り合いって……どういう？」

少年は半歩後じさった。

耳が後ろにたおれ、警戒モードに入っている。

これは僕としたことが、ついじろじろと観察しすぎてしまったようだ。

友好関係を築くためにも、決してがっつくことなく、大人の余裕をみせなくてはね。

だが本物の妖狐を前にして、興奮せずにいるというのは、この僕をもってしてもなかなか骨が折れる。

ああ、今日は人生最高の日だ。

「知り合いというのは、つまり、友人ではないということだよ、キツネ君」

背後からひびくひややかな声に、僕は冷水を浴びせられた。

昔よりは低くなったが、あいかわらず嫌みのスパイスをふりかけることに余念がないこの声は。

一呼吸おいてから、ゆっくり振り返る。

お世辞にも趣味が良いとは言えない、妙につやつやした黒いスーツに、青紫のシャツという、奇抜な格好のヨシアキ君だった。

そうだ。

ここは彼の店だった。

……すなわち、妖狐を使役しているのか！

しかもキツネ君とかなれなれしく呼んでるし！

「正確に言えば、この人は母の従弟で、山科春記さんだ」

「親戚かぁ」

キツネ君とよばれた少年の緊張が、少しやわらいだ。

どうやらヨシアキ君には、心を開いているらしい。

なんということだろう。

あの素晴らしい書庫を失い、研究者への道も断たれて、さぞかししょげているだろうと心配した僕は、とんだお人好しだ。

こんなかわいい妖狐の少年と、楽しい毎日をおくっているだなんて。

クッ、うらやましすぎる……！

ああ、今日は人生最高にして最悪の日だ。

神様、なぜです。

なぜ僕に、こんな仕打ちをっ……！

僕は十数年ぶりに奥歯をぎゅうぎゅうかみしめた。

だが僕はこんなところで取り乱したりはしないよ。美学に反するからね。

ああ、でも、これくらいのことは許されるだろう。

いや、むしろ、当然の振る舞いだ。

「久しぶりだね、ヨシアキ君。ずっと会えなくて寂しかったよ」

僕は、最高の微笑みをうかべてみせると、不愉快そうに顔をしかめるヨシアキ君の前で、大きく両腕をひろげたのであった。

# 第二話

# 秘密のお孫ちゃん

# 一

庭の夏みかんが白い花をつけ、汗ばむ陽気が続く五月。

谷中にある我が家の電話がなったのは、午後二時をすぎた頃だった。

「ごめん、母さん、三時間だけ瞬太を頼めないかな!? だめなら一時間だけでも！」

切羽詰まった様子で息子が泣きついてきたのだ。

なんでも、今日は、息子の吾郎が会社を早退して、幼稚園にお迎えに行くはずだったのだが、どうにも仕事が終わりそうにないのだという。

「みどりさんはどうしたの？」

「明日友だちの結婚式があって、今日から気仙沼に帰ってるんだ」

「あらま。わかったよ。あそこだろ、王子稲荷神社の幼稚園」

「助かるよ、ありがとう！」

じゃあ頼んだ、と言うと、息子はさっさと電話をきってしまった。

あいそのないことだが、本当に困っているようだから、今日のところは赦すけど。

というわけで、我が家には今日、孫の瞬太が来ている。

やんちゃざかりの三歳児だから、障子に穴をあけられるくらいは覚悟していたのだが、あにはからんや、うちに着いた途端、畳の上でころんと丸くなってしまった。まるで猫の仔のようだ。

明るい茶色の髪に、ふっくらした桜色のほっぺたで、すやすや寝息をたてている。

「あいかわらず女の子みたいな、かわいい顔してるな」

庭木職人である夫の治は、縁側に腰かけて目を細めた。

今日は縁側の窓をすっかり開け放っているので、庭から気持ちのいい薫風がふきこんでくる。

「よく考えたら、この子がうちに来たのは初めてじゃないか？」

「よく考えなくてもその通りですよ。近いんだから、もっとうちに連れて来ればいいのにね」

娘の栄子はちょいちょい孫たちを連れて泊まりに来るが、吾郎はそんなことはまったくしない。

三味線教室の生徒たちによると、結婚した息子というのは、えてしてそういうものらしいが。

「近すぎて、泊まりに来るって気分でもないんだろ」

「そうじゃなくて、もっとあたしを頼ってくれてもいいのにってことですよ。みどりさんが、お姑さんには借りを作りたくないとでも言ってるのかしら」

「二人でしっかり育てますって約束して引き取らせてもらった子だから、肩に力が入ってるんだよ」

「それはわかってますけどね」

吾郎の妻は二度の流産の後、子供は難しいと医者に告げられた。それでもあきらめきれず、毎朝、王子稲荷神社にお詣りしていたところ、境内の桜の木の下で見つけたのがこの子だ。

「みどりさんにとっては、この子はお稲荷さまが授けてくれた特別な子供なんだろう」

「どう見ても普通の子ですけどね」

「いや、普通よりはかわいいだろう」

「そうですか？」

「そうだよ。吾郎の子供時代なんかろくなもんじゃなかったぞ」

「それは、まあ、たしかに」

　今でこそすっかり温厚で優しい男だが、子供の頃はけっこうやんちゃで、いつも泥だらけだった。お隣の犬の顔に落書きをする、カエルをつかまえてきて大事な着物の桐箪笥(きりだんす)に入れる、近所のお宅の鯉(こい)を釣ってきたこともある。

　親が菓子折を持って謝りに行ったのも一度や二度ではない。おしおきで谷中霊園の墓石にしばりつけたら、だいぶこりたようだが。

二

　二人で子供たちの悪行の数々を思いだしていると、うーん、と、瞬太が寝返りをうった。丸めた背中の下から、ふさふさした襟巻(えりま)きのようなものがぽろんとでてくる。

「なんだ？　この先が白い、狐の尻尾(しっぽ)みたいなものは？」

　治が尻尾の先をつまみあげた。

「よくできてますね。服に縫いつけられてるんでしょう。耳や尻尾がついた着ぐるみ風のパジャマやパーカーが最近はやってますからね」

「ふーん、最近の幼稚園の制服はいろいろ凝ってるんだな」

ほれ、と、治が尻尾を瞬太のお腹にのせると、瞬太は小さな手で尻尾を抱えこんだ。まるで抱き枕である。

「猫の寝相にそっくりだな、こりゃ」

治はケラケラ笑った。

たしかに、庭に勝手に入ってくる野良猫の昼寝姿によく似ている。

「でももう三十分以上寝てるし、そろそろおこしましょうか。夜、眠れなくなるといけませんからね」

「お、そうか。瞬太、そろそろおきる時間だぞ」

治が優しく瞬太の肩をゆさぶるが、熟睡中の三歳児はピクリともしない。

「本当によく寝てるなぁ」

感心しながら、治は瞬太の足の裏をこちょこちょくすぐった。

だが眠っているとくすぐったさが伝わらないのか、瞬太はすやすや眠っている。

「それなら、これでどうだ」

今度は頬(ほお)を指でぷにぷにした。

やはりぐっすり眠ったままだ。

「じゃあこれでどうだ！　よっせーい」

治は両腋(わき)の下に手を入れ、三歳児をひょいと抱え上げた。

「まだ寝てるのか⁉　それなら……」

どうやら治は意地になってきたようだ。

「これでどうだ！」

治は立ち上がると、天井(てんじょう)にむかって瞬太を持ち上げた。

茶色い尻尾がぶらぶら揺れる。

「ほーら、高い、たかーい。高い、たかーい。高い……って、おい、この坊主、まだ寝てるぞ！」

瞬太はあいかわらず気持ちよさそうに眠ったままだ。

「なかなかの大物だねぇ」

思わず夫婦二人で感心してしまった。

「じゃあこれでどうかしら」

軽く咳払いして、喉の調子をととのえる。

「おやつだよ、瞬太！」

耳もとで魔法の呪文を唱えた。

「おやつ……？」

瞬太は目を半分ひらく。きれいなトパーズ色の瞳だ。

「そうだよ、おやつだよ。どら焼き」

「やったー！」

ようやく瞬太は目を全部あけた。

「効果てきめんね」

幼稚園にお迎えに行く途中、和菓子屋で買ったどら焼きと麦茶をだしてやると、瞬太は大喜びでぱくつき始める。

「おいしー！」

口のまわりにあんこをつけたまま、にぱっと笑う。

「そう？　ゆっくりお食べ」

「うん」

うん、と、言いながら、すごい勢いでばくばく食べる。

「どれ、おれも」

治がどら焼きに手をのばした時。

「にゃーにゃ！」

食べかけのどら焼きを左手に持ったまま、瞬太は右手で庭を指さした。

小さな指がさす方を見ると、いつもの野良猫が、庭石の上に寝そべっている。よく見ると、爪先に白っぽいトンボをひっかけていた。

トンボはなんとか逃れようと羽をバタバタさせているが、猫は知らんぷりで目を閉じている。

どうやら珍しい獲物を自慢しに来たようだ。

三

「にゃーにゃ！　むし！」

瞬太は興奮して叫んだ。

「あれはトンボっていう虫だよ。久しぶりに見たね」

「トンボ！　にゃーにゃ！　トンボ！」

瞬太はどら焼きを放りだして、庭にむかってパタパタとかけだした。

靴下のまま縁側からとびおりる。

「これ、靴を持ってくるから、ちょっとお待ち！」

園服の背中にむかって言うが、生き物に夢中の子には届かない。

「にゃー！」

突進してくる子供に驚き、猫ははねおきた。

はずみで猫の爪先から抜けたトンボが、大急ぎで逃げていく。

「トンー！」

あっという間に空に溶け込んでいくトンボに、瞬太は必死で小さな手をのばすが、もちろん届かない。

だがまだ猫がいることを、瞬太は忘れていなかった。

「にゃー！」

瞬太に突進され、猫は急いで松をかけのぼる。

「えいっ」

瞬太は小さな身体に似合わぬジャンプ力を発揮して、一番下の枝にとりついた。ずいぶん身軽な子供だ。

だが猫はとっくに上の方まで逃げている。

瞬太はならば自分も、と、思ったのだろう。

「うーん」

枝の上まで自分の身体をひっぱりあげようと、両足をバタバタさせてもがいた。

「無理だよ、瞬太。松葉がささって痛いから、あの猫はあきらめな」

小さな靴を手にぶらさげた治が、瞬太に声をかけた。

その時、ミシッという不吉な音が響き、治の顔色がかわる。

「あーっ！」

瞬太がぶらさがっていた枝が、ぽっきり折れたのだ。瞬太ごとドサッと地面に落ちる。

治が丹精込めた松の枝だったが、今はそれどころではない。

「大丈夫か!?」

　治は慌てて、小さな身体を抱え上げた。

　だが瞬太は性懲りもなく、かなり上の方から自分を見おろしている猫にむかって、右手をのばす。

「にゃー！」

今度は瞬太は、治の身体をよじのぼりはじめる。幸い怪我はないようだ。地上までの距離が一メートルもなかったのが幸いしたのだろう。

瞬太の腰あたりから、ふさふさの尻尾がのびて、ゆれている。

治はしっかり瞬太を両腕で抱え直す。

その時、治は奇妙なことに気がついた。

治の左肩によじのぼろうとしている瞬太の頭に、三角の耳がついているのだ。

「何だこりゃ……!?」

治は自分の目が疲れているのかと思った。

だが瞬太を抱えたまま手を伸ばすと、指先が、短い毛のはえた耳の裏側にふれる。

あたたかい。

あきらかに作り物ではないあたたかさで、しかもピクピク動いている。

「お、お、おい、初江、瞬太の耳が！　こりゃどういうわけだ!?　おれの目がおかしいのか!?」

治は腰をぬかさんばかりに動揺して叫んだ。

だが瞬太はそんなのおかまいなしだ。最近すっかり寂しくなった治の頭に細い腕をまわし、肩にまたがる。

「にゃー！」

右手で猫を指さしながら、やわらかな身体を一所懸命のばす。

瞬太のくりっとした大きな瞳は、いつのまにか金色をおびて輝いている。瞳孔は、針のような細い縦長だ。

「おまえにも見えてるか……？」

治がすがるような目でこちらを見た。

「驚きました……この子、耳と目が猫みたいに変化するんですか」

「だよな……」

自分の目がおかしくなったわけではないことがわかり、治はほっとした顔をする。

「ということは、この尻尾も……」

服をめくって、尻尾のつけ根を確認した。

間違いない。

瞬太の尾てい骨のあたりから、ふさふさの尻尾がはえている。

「やっぱり。この子、狐の仔ですね」

「狐だと!?」

「にゃー!」

沢崎家の庭には、治と瞬太の声が同時に響きわたったのであった。

四

じたばた抵抗する小さな身体を抱えたまま、治は縁側に戻り、瞬太をおろした。

すっかり泥だらけの靴下を脱がせ、松ヤニで汚れてしまったてのひらを、お湯で濡らしたタオルでふく。

松の枝が折れた時にはどうなることかと思ったが、下が土だったことも幸いして、怪我一つしていないようである。

「ばーば、にゃー……どこにいるの……？」

瞬太は未練たらたらで庭を見回すが、残念ながら、さっきの猫はどこかへ逃げてしまったようだ。

「さっきのどら焼きが半分残ってるから、食べておしまい」

「うん！」

瞬太は両手でどら焼きを持つと、ぱくりと頬張った。実に幸せそうな笑顔だ。

どら焼きをたいらげ、麦茶を飲むと、ごちそうさまも言わず、ころりと畳に寝そべった。

「瞬太、ごちそうさまは？」

「ごち……」

言い終わらぬうちに、身体を丸めてすやすや寝息をたてはじめる。

「おいおい、また眠っちゃうのかい？」

「よくそんなに眠れるもんですねぇ」

あきれるやら感心するやら。

「この子は本当に、特別な子なんだな」

いやはや、参ったね、と、治は頭をつるりとなでた。

「そうですねぇ」

「おれは谷中霊園で鍛えられてるから、このくらいの怪異はへのかっぱだけどさ」

さっきまで大騒ぎしていたくせに、喉もとすぎればなんとやらだ。

たしかに、この子は化け物とか妖怪とかそういった類のものかもしれないが、稲荷神社で拾った子だからか、かわいらしいからか、怖いという感情はまったくおこらない。

むしろ大事にしないと、という気持ちになるから面白いものだ。

「でもこれで、吾郎がうちにこの子を預けたがらない理由がわかりましたよ。この子が狐の仔だってことを、秘密にするためなんですね」

「この調子じゃ、幼稚園でもちょいちょい尻尾をだしてそうだけどなぁ」

「子供同士だと気にならないのかもしれませんね」

「どうだかなぁ」

思わず二人で顔を見合わせると、プッとふきだした。

夜九時すぎ、ようやく吾郎が瞬太を引き取りに来た。会社帰りなのでスーツ姿だ。

「随分長い三時間もあったもんだね」

「ごめんごめん、トラブルの連続でさ」

駅から走ってきたのか、息があがっている。

「ご飯は食べさせておいたから」

「ありがとう、本当に助かったよ。えーと、その、何かおかしなことはなかった？」

「別に何も。ほとんど寝てばっかりで、全然手がかからなかったよ」

すました顔で答える。

「そうか、よかった」

吾郎は心底ほっとした様子だった。

「あんたはご飯食べたの？」

「みどりがいろいろ作って、冷凍してくれてるから、それを食べるよ。帰ってきた時、いっぱい残ってたらがっかりするだろ」

「あらそう」

すっかり奥さんの尻に敷かれてるんだね、という感想が、喉もとまでこみあげてきたが、今日のところは勘弁してやることにしよう。

「じゃあ、また、いつでも連れておいで」

「ありがとう」

あいかわらず気持ちよさそうな寝息をたてている瞬太をおんぶすると、吾郎は嬉しそうに帰っていったのであった。

# 第三話

## 理不尽な王子さま

# 一

「勝負あり！」

審判たちが一斉に左手の赤い旗をあげると、東京武道館の観客席から、興奮のどよめきと歓声、そして喝采がわきおこった。

倉橋怜が、東京都少年剣道学年別個人錬成大会の小学五年生の部で、優勝を決めたのである。ちなみにこの学年別の大会は、小学六年生までは男女混合だ。

「すごい、すごい、怜ちゃん、まさか本当に優勝しちゃうなんて！」

観客席で涙ぐむ三井春菜を見つけ、倉橋が手を振った。

三井は両手をぶんぶん振ってこたえる。

「いくら小学生のうちは男女の体力差がほとんどないとはいえ、今日、女子で優勝したのは、怜と一年生以下のちびっこだけだろう。我が妹ながら末恐ろしいぜ」

「どうせなら春菜ちゃんのような、優しくてかれんな妹がほしかったな」

倉橋の双子の兄たち、晶矢と耀刃が、三井の隣の席で嘆いた。

「ううん、そんなことない。怜ちゃんは最高の女の子だよ」

三井が泣きながら反論する。

「はいはい、わかったから涙をふいて」

「怜もいい親友がいて幸せだね」

兄たちがハンカチで涙をふいてくれたのであった。


翌朝。

九月も後半に入ったとはいえ、まだ空には積乱雲が居座り、しつこい残暑が続いている。

昨日の剣道大会の話をしながら、三井と倉橋がいっしょに北区立王子小学校へ登校すると、教室の手前で、わっとよってきた同級生たちに取り囲まれた。

「おはよう、倉橋さん!」

「昨日はすごかったね」

「テレビでも注目の美少女剣士ってとりあげられてたよ」

当然ながら、みな、お目当ては倉橋である。

隣を歩く三井には、たまに、「おはよう」の声がかかるくらいだ。

中には倉橋のことを怜サマとよぶ女子もいて、さすがの倉橋もとまどい顔である。

「ちょっとどいて。倉橋さん、見たわよ、昨日の試合」

三井を押しのけて倉橋に話しかけたのは、クラスで学級委員をつとめる滝川里梨華（たきがわりりか）だった。

滝川は祖父が北区の区議会議員で、父が学習塾を経営しているプチお嬢さまだ。親の趣味なのか自分の好みなのかわからないが、いつもちょっと大人っぽい服を着ている。今日も青緑の生地にこまかい花模様を散らしたチュニックに、渋めのピンクのスキニーパンツだ。

「あたしたち、正式に倉橋怜ファンクラブを結成したいのよ」

滝川は倉橋に宣言した。

「ふーん、別にいいけど」

「それでね、いろいろお話ししたいから、今日の放課後、うちに遊びにこない？　母がチーズケーキを焼くって言ってたから、できたてをごちそうするわ」

滝川は長い髪をかきあげながら尋ねた。

「ええっ、里梨華ちゃんのママのチーズケーキ、すごく美味しいよね！」

「あたしも行っていい？」

滝川の取り巻きの女子たち数人がわっとむらがってきた。

「いいわよ」

滝川は鷹揚にうなずく。

「もちろん倉橋さんも来るわよね？」

「放課後は剣道の練習があるから無理」

倉橋はそっけなく断った。

「そう、そうよね。じゃあ練習が終わってから来れば？」

「練習の後は腹ペコだから、ケーキじゃ全然たりないな」

倉橋の答えに、三井はプッとふきだす。

「怜ちゃん、このまえもご飯三回おかわりしてたもんね」

「うちでは普通だよ」

「だって双子のお兄さんたちは中学生だし、上のお兄さんは高校生じゃない」

「こまかいことは気にしない。春菜こそもっといっぱい食べないと、大きくなれないよ」

「えっ、そうかなぁ」

三井はクラスの女子でも小さい方で、最近急に背が伸びだした倉橋とは十センチ近く差をつけられているのだ。

「あたしとしては、春菜は永遠にそのままでも、かわいくていいと思うけど」

「ええっ、そんなの嫌だよ」

「冗談だって」

二人は笑いながら教室へ入っていった。

「倉橋さん、ずいぶん三井さんと仲がいいのね」

滝川が言うと、他の女子たちが、そうなんだよ、と、とびつく。

「ちょっと意外だよね。三井さんって別に何の取り柄もない、すごく平凡な子なのに」

「あの二人、幼稚園だか保育園だかの頃からの幼なじみなんだって。家も近いみたい」

「それってつまり、ただの腐れ縁じゃない」

滝川がつぶやいた。

# 二

前日の夜、久しぶりに東京で雷雨が発生したせいか、翌日はひんやりと気持ちの良い朝だった。

校庭でも、ピンクのコスモスが咲きはじめている。

倉橋が三井と並んで小学校の廊下を歩いていると、またも教室の手前で滝川があらわれた。いわゆる「入り待ち」である。

「倉橋さん、毎日、剣道の練習お疲れさま。これ、差し入れのクッキー」

滝川は、三井を半ばつきとばすようにして、強引に倉橋と並び、きれいなリボンをかけたクッキーの袋を渡した。

常に腹ぺこの倉橋は、早速リボンをほどいて、一個、口にほうりこむ。

「ん、美味しい。ありがとう」

「嬉しい。あたしが母と一緒に焼いたの」

「へぇ、そうなんだ。春菜も一個食べてみない？」

倉橋はクッキーの袋を、三井にさしだした。

「え、でも、それは滝川さんが、怜ちゃんのために焼いたんだし……」

三井はためらう。

「別にいいよね？」

倉橋にそう聞かれては、嫌だとは答えにくい。

「え、うん、もちろん」

滝川はわずかにひきつった顔で答えた。

「ほら、滝川さんもいいって言ってるよ」

「うん」

もう一度、倉橋に袋をさしだされ、三井は遠慮がちに一個つまんだ。

長年のつきあいから、ここで辞退しても押し問答になるだけだということを、三井はよくわかっている。

「ありがとう、滝川さん。美味しい」

「よかった」

だがこれしきのことで引き下がる滝川ではなかった。

「それでね、今度、倉橋怜ファンクラブのみんなと、剣道の勉強会をしたいんだけど、何かおすすめのテキストとかあるかな？」

「剣道の勉強会？」

三個目のクッキーを袋からだしながら、倉橋は問い返した。

「うん。ファンクラブの活動としていろいろ考えたんだけど、まずは剣道のルールや技（わざ）を勉強したいなと思って。たとえば面にも、面打ち、引き面打ち、小手面打ちっていろいろあるんでしょ？　そういうのもわかったら、試合の応援がもっと盛り上がると思うんだ」

「それはそうかも」

「でしょ？　もしテキストがなければ、動画でもいいんだけど」

「何がいいのかなぁ。今度、師範に聞いてみるよ」

「ありがとう」

滝川は三井を勝利の眼差（まなざ）しで見おろすと、満足げに自分の席へむかった。

「すごいね、滝川さん。あんなにすらすらと剣道の技を言えるなんて、さすが優等生。あたしなんか何年も怜ちゃんの試合の応援行ってるのに、全然覚えられなくてごめんね」

「気にしないでいいよ。春菜が応援に来てくれるだけで十分。兄貴たちも喜ぶし」

倉橋はニカッと笑ったのであった。

次の日は朝から強い風が吹き、咲きはじめたばかりのコスモスを揺らしていた。

西日本であばれている台風の影響だ。

「春菜、算数の宿題やってきた？」

「え、うん」

「あとでうつさせて」

「いいけど……」

三井の返答は歯切れが悪い。

倉橋に宿題を見せるのが嫌なわけではないのだが、滝川とその取り巻きが黙っていないのでは、という予感がしたからである。

三井の予感は的中した。教室で倉橋が三井のノートをうつしはじめた途端、滝川たちがとんできたのである。

「あら、算数の宿題なら、あたしのノートを貸すのに」

「里梨華ちゃんのノート、すごくきれいにまとめられてて見やすいよ」

「算数得意だから、いつも全問正解だし」

「んー、いいや。春菜のノートの方が見慣れてるから」

取り巻きたちの説得を、倉橋はあっさり却下した。

だが倉橋の反応は、滝川にとって、想定の範囲内だったのだろう。

「そう？　ここ、間違ってるみたいだけど」

滝川は三井のノートをのぞきこんで指摘する。

「あっ、ご、ごめん」

三井は急いで、自分のノートをひっこめようとする。だが、倉橋は、三井のノートをぱっと右手で押さえた。

「いいよ、あたしが全問正解だったら変だから」

倉橋は明るく笑う。

「そう……？」

困り顔をする三井の背中に、滝川たちのひややかな視線が、ビシビシつきささったのであった。

三

暑苦しい西陽(にしび)が商店街をじりじりとあぶる夕暮れ時。

道場にむかう倉橋と別れた後、三井が一人で自宅にむかって歩いていると、同級生の少女たちにかこまれた。六、七人はいるだろうか。

「三井さん、ちょっといいかな?」

声を発したのは、隣のクラスの女子である。

右手を腰にあて、中央にたたずんでいるのは、滝川だ。

「ええと……」

三井は不穏な気配を察して、周囲を見回した。だが、いつの間にか、車庫のシャッター前に追いこまれていて、逃げだせそうにない。

「あんたが怜サマと親友って、おかしくない?」

滝川の右に立つ女子が三井に言う。

三歳の時からピアノを習い、コンクールでの入賞経験もある子である。

「あんたみたいな平凡な子、怜サマの親友にふさわしくない」

「え……」

「怜サマは剣道の天才だよ？　しかもあんなに格好良くて」

この子は医者の娘で、バレエが得意だ。

「でも三井さんには何もないよね？　成績もまあまあ、顔もまあまあ、得意なスポーツもないし、これといった特技ゼロ」

「よく親友だって堂々と名乗ってられるよね。恥ずかしくないの？」

ある者は怒りをあらわにし、またある者は意地悪な笑みをうかべ、ひややかな口調で三井をなじる。

「あたしは……」

三井は言葉を失い、うつむいた。

その通りだからだ。

滝川はフッと鼻先で笑う。

「勘違いしないでね、あたしたち別に、倉橋さんと絶交しろって言ってるわけじゃないから。ただ、自分が親友にふさわしいか、よく考えた方がいいって、忠告してあげただけ」

「そうそう、親切で言ってるんだよ」

最後のつけたしは、これはいじめではないから、親や教師に、ましてや倉橋に言いつけても無駄だ、という予防線である。

「じゃあね」

言うだけ言うと、少女たちはさっと引きあげて行った。

少女たちの後ろ姿が見えなくなると、三井はシャッターに背中をあずけて、ずるずるとへたりこむ。

倉橋のファンの間で、自分を邪魔者扱いする雰囲気がひろがりはじめていることは、何となく感じていた。

たぶん、倉橋がこれまでとかわらず、自分のことを親友として大事にしているのが気に入らないのだ。

だがまさか、面と向かって、親友にふさわしくない、と、ののしられるとは、予期していなかった。

……何も言い返せなかった。

全部本当のことだから。

四

翌日は肌寒い雨だった。時おりざあっと強く降る。週末には台風が関東を通るかもしれない。

街並みがグレーに染まる中、三井は憂鬱（ゆううつ）な気分で家をでる。

角を曲がると、いつもの交差点で、倉橋が待っているのが見えた。

「おはよう、春菜」

真っ赤な傘に負けない、力強い笑顔である。

「おはよう」

三井は何となく、倉橋の目をまっすぐ見られなくて、傘で顔をかくしてしまう。

だが倉橋の方は、そんなことおかまいなしだ。

「聞いてよ、春菜。うちの兄貴たち、また同じ女の子を好きになったんだって。本当に進歩がないよね。昨日も、どっちが先に告白するかでもめてた」

「そうなんだ」

三井は「ふうん」と「そうなんだ」ばかりだが、倉橋は気にせず話し続ける。

宿題のノートも当然のように三井から借りてうつす。

そのたびに三井は、滝川たちの視線に悩まされ、放課後は走って帰ることになった。


雨は一日中、降ったりやんだりを繰り返した。

倉橋スポーツ用品店では、怜の両親がずっと天気予報を気にしている。

夜七時近くに、倉橋が帰宅し、リビングをつっきって自分の部屋に行こうとすると、双子の兄たちによびとめられた。

「おい、怜。今日、商店街を春菜ちゃんが一人で歩いてるの見かけたけど、なんだか暗い顔で、大急ぎで歩いてた。いや、小走りに近いかな」

「おまえ、春菜ちゃんの様子がおかしいのには気づいてるのか？」

「もちろん気づいてるよ。ただ、あたしが口だししてもいい問題なのか、迷ってるだけで」

妹の答えに、兄たちは、ふーむ、と、顔を見合わせた。

「やめた方がいいな。下手におまえが口だししたら、かえって春菜ちゃんを困らせるだけかもしれない」

「春菜ちゃんから相談されるまでは、おまえはだまって見てろ」

「やっぱりそうか……」

兄たちの回答に、倉橋は難しい顔で考え込んだのであった。

五

三井が鬱々(うつうつ)とした日々をおくり、一週間ほどがたったある日の放課後。

週明けは真夏に戻ったような暑さとともにやってきた。

午後二時の容赦ない日射しに灼(や)かれながらも、校庭のコスモスは元気に咲いている。

むしろ花がふえたようだ。

「あ、コスモス大丈夫だったんだ」

三井は花壇の前で、嬉しそうにつぶやく。

いつも校門をでてしばらくしたところで、三井と倉橋は別れるのだが、今日は倉橋が同じ方向へむかおうとする。

「怜ちゃん、今日は道場へ行かないの？」

「うん。今週は道場のリフォーム工事で、稽古が休みなんだ。たまにはうちに遊びに来ない？」

「えっと……」

三井は思わず周囲を見回した。

滝川たちは近くにいないようだ。

だが。

「やっぱりいい」

三井は首を横にふった。

あんたみたいな平凡な子、怜サマの親友にふさわしくない。

滝川たちの言葉がよみがえる。

「どうして？」

「うん、ちょっと……」

三井が言葉をにごすと、急に倉橋に腕をつかまれ、ひきよせられた。

「春菜、あたしに隠してること、あるよね？　ずっと春菜が暗い顔をしてるのに、あたしが気づいてないとでも思ってたの？」

倉橋に真顔で言われ、三井はドキリとする。

「怜ちゃん……」

「虫歯でしょ！」

「えっ⁉」

「歯医者さんが怖いのはわかるけど、さっさと行った方がいいよ。なんなら、ついて行ってあげてもいい」

三井はあっけにとられて、倉橋の顔を見上げた。

冗談かと思ったが、倉橋は大真面目（おおまじめ）である。

「……怜ちゃん、それ、一年生の時も言ったよね？」

なんだか急にどうでもよくなって、三井はけらけら笑いはじめた。

「えっ、そうだっけ？」

「そうだよ。あたしが給食のグリンピースが苦手で、毎日、暗い顔をしてたら、虫歯でしょって言ったんだよ」

「ええ？　全然覚えてないな。それじゃ今回も給食で暗い顔してるの？」

「ううん、今回は自分のこと。あたし、怜ちゃんと違って、得意なことがなんにもないなぁって悩んでたんだ」

滝川たちのことを言うのは、なんだか告げ口みたいになってしまうから嫌だな、と、思い、三井はあえてくわしく話さなかった。

「悩む？　変なの。春菜にはいいところがいっぱいあるよ。かわいいし、優しいし、まじめだし、宿題うつさせてくれるし」

「優しいかなぁ？」

「優しいよ。さっきもコスモスが暑さに負けてないか、心配してたじゃない。先週は台風の風や雨にやられないか、心配してたよね？　いつも花壇の前を通るたびに、コスモスのことを見ているのを、あたしはちゃんと知ってるよ」

倉橋が自慢げに胸をはると、三井は、ありがとう、と、照れ笑いをうかべる。

「でも、あたしは、怜ちゃんみたいに、何かにすごく頑張ってるわけじゃないから。何かこれっていうのが見つかるといいんだけど」

「無理に探さないでも、いつかきっと、春菜にも、やりたいことでてくるよ。春菜はけっこう渋いの好きだから、お茶とか詩吟とか、陶芸あたりかもね」

「えっ、詩吟？」

「うちの祖母ちゃんが最近はまってるけど、なんかイェイイェイとかウォウウォウとかずーっとうなってる。子供にはわからない良さがあるんだって」

二人はくすくす笑いながら、倉橋スポーツ用品店に入っていったのであった。


暑さもやわらぎ、すがすがしい秋晴れとなった翌朝。

今日も教室の手前で、滝川たちが待ちかまえていた。

「倉橋さん、明日うちで剣道の勉強会やるから、アドバイザーとして来てくれない？明日がだめなら他の日でもいいんだけど」

「ああ、ファンクラブで勉強するって言ってたあれ？」

「そうなの。倉橋さんが来てくれるとみんな喜ぶし、盛り上がると思うのよ」

滝川は長い髪をかきあげながら、優越感に満ちた眼差しで三井を一瞥する。

剣道の勉強会なら、絶対に倉橋が喜んで来るという自信があるのだ。

もちろん今週は剣道の稽古が休みであることも、知っているのだろう。

「あたしはやめとく」

倉橋があっさり断ると、滝川はあわてた。

「どうして？　三井さんなら参加してもらってもかまわないけど？」

「ファンクラブつくったり勉強会ひらいたりするのは、あんたたちの勝手だし、別にかまわないんだけど、あたしは仲良しグループって苦手なんだよね」

「えっ？」

滝川とその取り巻きたちがとまどった顔をする。

「っていうか、仲良しグループを作りたがる女子？」

今度こそ滝川たちは愕然とした。

「そんな言い方しないでも。怜ちゃんのファンクラブだよ？」

見かねて三井が、倉橋の服の袖をひっぱる。

「そうだったね」

あはははは、と、倉橋は大声で笑いながら、颯爽と教室に入っていったのであった。

# 六

それから七年の歳月が流れた。

「あの時の怜ちゃんの発言は、今思い返しても、ちょっと理不尽だったと思うの。だって怜ちゃんのファンクラブなのに、仲良しグループを作る女子は苦手だなんて。滝川さんたち、ショックで倒れそうだった」

陰陽屋（おんみょうや）のテーブル席で、蠟燭（ろうそく）に照らされながら、高校三年生になった三井は苦笑いをうかべる。

「でもあとで怜ちゃん言ってた。ちょっと前までは、剣道なんかやってるからがさつで乱暴なんだってばかにしてたくせに、優勝したとたん、怜サマ、ファンです、なんて言われても、信用できないって。それはそうかもって思うけど」

「そんなことがあったんだ……」

童水干（わらべすいかん）姿の瞬太（しゅんた）は、両手をぎゅっと握りしめ、怒りに震えた。もちろん倉橋にではない。滝川とその一味に対してである。

尻尾が逆立ち、ぶわっとふくらむ。

「それにしても、三井が嫌がらせをうけてることに全然気がつかなかったなんて、倉橋もひどくないか？」

「それはどうだろうな。優秀な剣士なら、相手のわずかな視線の動きや、呼吸も、見逃さないはずだ。ましてや、そこまであからさまな集団なら」

白い狩衣の祥明が冷静に指摘するが、瞬太は納得がいかない様子だ。

「今の倉橋ならそうだろうけど、その頃はまだ小学生だろ？」

「もしかして怜ちゃん、あたしを傷つけないよう、わざと気がつかないふりをしてたのかな？　うーん、でも、本気で虫歯だと思いこんでた可能性もあるよね。ほら、怜ちゃんは、人間関係より虫歯が怖い人だから」

三井が言うと、瞬太と祥明も、つい、苦笑いをうかべてしまう。

「その後、その滝川ってやつはどうしてる？　王子桜中にはいなかったよね？」

「うん。滝川さんは私立の中高一貫校に行ったから、小学校を卒業した後、全然会ってないんだ」

取り巻きたちも大半は私立に進学したため、倉橋怜ファンクラブから滝川グループは一掃されたのだという。

「そっか、良かったな！　あ、でも、もしかしてその後も、倉橋のファンから妬まれたことってあるの？」

飛鳥高校の同級生である遠藤茉奈が、最初に陰陽屋に来た時も、三井が倉橋の親友なのが納得いかないといった理由で、ストーカーまがいのことをしていた。

ちなみに遠藤は現在、委員長こと高坂史尋のストーカーだ。

「なんだか視線が冷たいな、とか、言葉にとげがあるなって感じることは、今でも時々あるけど、気にしないことにしてるんだ。きりがないし」

三井はさばさばした様子である。

「きりがないほど妬まれるなんて、倉橋怜の親友でいるのも大変なんだな……。おれだったら、とっくに、倉橋の友だちやめてるかも。本当に三井は強いっていうか、偉いっていうか。見かけによらないよな」

瞬太はしみじみと言った。

「だって怜ちゃんのこと、大好きだから。それに、誰よりあたしのこと心配してくれるのも、怜ちゃんだし」

三井はちょっとはにかみながら笑う。

「あ、でも、滝川さんたちみたいに、はっきり行動にでた人は他にはいないよ。シャッターの前でかこまれた時は、さすがに怖かった」

「おれが同じ学校だったら、そいつらとっちめてやったのにな！」

瞬太は右手の拳を左のてのひらにパシッとぶつけた。

「キツネ君、相手は女の子だよ」

「そりゃ、どんなに嫌な奴でも、女の子に暴力はふるわないけどさ」

「かといって口でも勝てないだろうな」

「うっ。じゃあおまえなら何て言って、そいつらを撃退するんだ？」

「そうだな……。その女子の集団というのは、自分に自信のある子ばかりだったんですか？」

祥明の問いに、三井は軽く首をかしげる。

「そうですね。区議会議員の孫で学級委員の滝川さんが中心でしたけど、他の子も、ピアノがすごく上手な子とか、ソフトボールでピッチャーをやってる子とか、何かしら一芸に秀(ひい)でた子が多かった気がします」

「それなら、倉橋さんの親友は二人いてもいいと思う、三人は多すぎだけど、と、答えてみたら面白かったんじゃないでしょうか？　あと一人の親友の座をめぐって、壮絶な内輪もめが発生し、遠からずグループは崩壊したと思いますよ」

「えっ⁉」

祥明の答えに、三井はあっけにとられて、もともと大きな目をさらに大きく見開いた。

「おまえ、どんだけ腹黒（はらぐろ）なんだよ！」

思わず瞬太はつっこみを入れてしまう。

「これぞ大人の知恵だよ」

祥明は扇（おうぎ）で顔をあおぎながら、楽しそうに微笑（ほほえ）んだのであった。

# 第四話

# 海神別荘

# 一

ここでフリースローを入れれば勝利は確実だ。

だが、もしはずしたら……。

不安がよぎった時、伸一の指先はかすかに震えた、かもしれない。

美しい弧を描いたボールは、ボードにあたり、リングの上をくるくるとまわったかと思うと、外側にぽろりと落下した。

観客席から落胆の声が聞こえてくる。

ああ、やっぱり……。

「伸一！」

駿平の声で伸一ははっとする。

しまった、ボールをとりにいかねばならないのに、スタートが二秒遅れた。

何とか立て直そうと焦ったが、敵チームに奪われたボールは再び美しい弧を描き、今度こそリングの中に吸い込まれていったのであった。

ほこりっぽいロッカールームに戻ると、伸一はがばっと頭をさげた。

「今日は本当にすみませんでした！」

「練習試合なんだし、気にすることないよ」

「欠点をあぶりだすための練習試合なんだから、むしろあれでいいんだって」

汗だくのユニフォームを脱ぎながら、チームメイトたちはみんな慰めてくれたが、伸一の心は沈んだままだ。

「なんでおれ、失敗のイメージばっかりしちゃうんだろう……」

伸一は大きなため息をつく。

伸一だって、生まれつき心配性だったわけではない。

おそらく超がつくほどおてんばな妹のせいだ。大きな蜘蛛を素手でつかもうとしたり、雪が積もった屋根にのぼっておりられなくなったり、ご近所のシベリアンハスキーに戦いをいどもうとしたこともある。

おかげで伸一は常に、次は妹が何をしでかすか、心配ばかりしている子供時代をおくるはめになったのだ。

「伸一は心配性なんだよな。まあ、常に最悪の事態に備えてるって思えばいいんじゃないか？」

三年生の大場が苦笑いで伸一をはげましてくれる。

「おれ、とてもそんな前向きな考え方できません……」

またもため息がでてしまう。

「腹が減ってるからだよ！　まずは何か食いに行こうぜ」

「いつもの牛丼屋ですか？　おれ、今日は食欲ないんで、先に帰らせてもらいます」

伸一がくるりと後ろをむいてロッカールームから出ていこうとした瞬間。

「絶品ラーメン！」

「え？」

大場が発した言葉に、伸一の足はピタリと止まった。

「絶品ラーメンの替え玉サービス券あるんだけど行きたくないか？」

大場がひらひらさせている小さな紙切れに、伸一はくいついた。

実は伸一は、無類のラーメン好きなのである。

「カフェダイニング海神別荘？　そんな店ありましたっけ？」

「ほら、唐桑に先月できた、おしゃれ台湾食堂だよ。うちの姉ちゃんがはまってるんだけど、タピオカとラーメンと美形シェフが絶品らしいぞ」

「タピオカと美形シェフはどうでもいいけど、絶品ラーメンは気になりますね」

一年生たちも興味津々である。

「ちなみにこの割引券一枚で、ラーメンの替え玉もしくはサメのナゲット二個をプレゼント。五名さま限定だから、おれは涙をのんで、この割引券をおまえたちに譲ってやる」

「あざっす！　場所は唐桑のどのへんなんですか？」

「御崎神社のそばらしい」

御崎神社と聞いて、伸一たちは一瞬言葉を失った。

「……だから海神……」

「ついでにお詣りして、彼女ができるようお願いしてくるといいぞ」

にかっと笑う大場の白い歯がまぶしい。

高校生たちには縁結びの御利益があるとして頼りにされている御崎神社だが、主祭神は豊漁をつかさどる海の神様である。

それはいいのだが、問題は場所だ。

御崎神社があるのは、太平洋に細長くつきでた唐桑半島の一番突端である。市街地にある気仙沼高校から御崎神社まで、車でも三十分はかかるのに、自転車だと一体どれくらいかかるのか想像もつかない。

元気な時ならまだしも、バスケの試合の後に行くのは無理だ。

さようなら、絶品ラーメン。

「やっぱり帰ります」

伸一が再びきびすを返した時。

「先生が車だしてくれるって」

顧問の先生の存在がこれほどありがたかったのは、初めてのことだった。

二

御崎神社の駐車場で先生のワゴンをおりると、海風が葉ずれと波音をはこんできた。このあたりまで来ると、真夏でも涼しい風が吹いている。

次回こそは勝てますように、と、全員で祈願してから、海神別荘へむかった。

名前からして、竜宮城（りゅうぐうじょう）のようなきんぴかの建物に違いないと想像していたのだが、白い壁に赤茶色の屋根の、こざっぱりした外観である。

どんよりした曇り空だが、夏休み中ということもあって、海にのぞむテラス席には観光客らしきグループが陣取っていた。まあまあ繁盛しているようだ。

席につくと、仲一は迷わずラーメンを注文した。チームメイトたちもそれぞれ、好みの料理を注文する。

十分後。

仲一の目の前にだされたラーメンは、なにやら独特のニオイがした。

鰹（かつお）でも煮干しでもないこのニオイは、一体何だろう。

どこかで嗅（か）いだことはあるような気がするが……。

「このラーメンはサメで出汁（だし）をとってるんです。気になるようでしたらニンニクを入れて臭（にお）いを消してください。でもこの臭いがクセになるっていう人もけっこういるんですよ」

仲一が不審げな顔でスープのニオイを嗅いでいると、腰エプロンをつけたホール係の青年が、人あたりのいいさわやかな笑顔で解説してくれた。

「どうも」

なかなか感じのいいハンサムだが、どう見ても料理人じゃないから、例の美形シェフではなさそうだ。

それはともかく、本当にこのラーメンが絶品なのだろうか。

見かけは普通で、ニオイは微妙。

これで実は味が最高、なんてことが本当にあるとは思えない。

きっと大場先輩のお姉さんは味覚が独特なんだな……。

ふと見回すと、同級生が頼んだメカジキの唐揚げのあんかけ定食も、後輩が頼んだカツオとマグロとウニの海鮮丼も、先生が頼んだフカヒレのスープ雑炊も、ラーメンよりはるかにおいしそうだ。

ああ、きっとここでもおれは失敗するんだなぁ。

今日は本当についてない。

せめて麺が伸びないうちに食べるか……。

覚悟を決めて、スープをすする。

「うまい！」

思わず声がでてしまった。

その後は麺も具も一気食いである。

あやうくスープを飲み干しそうになって、割引券のことを思い出した。そうだ、替え玉を頼まないと。

「替え玉お願いします」

伸一が手をあげると、さっきのホール係とは違う、チャイナドレスのメガネっ娘ウェイトレスがでてきた。

おそらくアルバイトだろう。

化粧をしているから年齢はよくわからないが、何より歩き方があぶなっかしい。ヒールが細い靴に慣れていないのだろうか。

「替え玉ですね」

つっけんどんに言うと、ウェイトレスは伸一の丼を持ち上げた。

「あ、ああ」

伸一は、てのひらがじっとりと汗ばむのを感じた。

なんだか嫌な予感がする。

例えば、あの女の子がすっころんだら、丼は美しい弧を描いて宙を舞い、自分はスープをかぶることになるのだろうか。

いやいやいや、失敗をイメージするのはやめろ。

いくらアルバイトだからって、そこまでひどくはないだろう。

おれの心配性にも困ったものだな。

伸一はプルプルと頭を左右にふった。

その瞬間。

「あっ！」

伸一は鋭い声がした方を見る。

ひるがえるチャイナドレスの裾。

手からはなれ、美しい弧を描いてとんでくる丼。

伸一はあやうく丼をキャッチしたため、頭に直撃するのはまぬがれた。

だがスープはキャッチすることができず、ざぶんと頭にかかる。

おかえり、おれの失敗イメージ。

スープが熱々じゃなかったのは不幸中の幸いだね。

　伸一は思わず、悟りをひらいた仏像の微笑(ほほえ)みをうかべてしまったのであった。

三

　次の週末。

　伸一は意を決して、自転車をこぎはじめた。

　伸一の家から唐桑半島の突端までは、坂道をのぼったりくだったりしながら、自転車で三十分以上かかる。

　いくら気仙沼が宮城県の最北端とはいえ、七月後半は最高気温が三十度をこえる日もあるし、あっという間に汗がふきだす。

　だがホール係のさわやか青年（なんとおしゃれカフェのオーナーだった）が、おわびに次回、何でも好きなものを無料でサービスしますから、と、平謝りしてくれたのだ。

　行くしかない。

そして一番高価なフカヒレの姿煮を頼んでやる。

もちろんあの絶品ラーメンも。

それに伸一は何より、あのそこつなウェイトレスが、今日も新たな犠牲者をだしていないか、心配でたまらなかったのだ。

だがよく考えたら、以前、家族と御崎神社のお祭りに来た時、ニホンカモシカが道にとびだしてきて、あやうくはねてしまうところだった。

あの時は自動車だったが、今回は自転車なので、ぶつかったら自分の方がはねとばされてしまうのではないだろうか。

下手したら、自転車ごと岸壁を転がり落ち、太平洋へまっさかさまだ。

鶯(うぐいす)がケキョケキョと大声で鳴き、黄色いニッコウキスゲが咲く海沿いの道を、心配でいっぱいになりながらも必死でこぎ続ける。

幸い、ニホンカモシカにはねとばされることもなく、伸一は無事に海神別荘にたどりついた。

前回来た時は曇り空だったので気がつかなかったが、晴れた日に来てみると、青海原(あおうなばら)のはるか彼方で水平線がきらめき、最高の見晴らしだ。潮風も心地よく、ここにおしゃれカフェをつくりたくなったオーナーの気持ちも、わかる気がする。

交通の便はともかく……。

まあいい、せっかく無事にたどりついたのだから、まずは絶品ラーメンだ。いや、ラーメンはシメにまわして先にフカヒレからいくべきか？

伸一が店に入ると、早速、人あたりのいいさわやかな笑顔のオーナーがとんできて、席へ案内してくれた。

「本当に何を頼んでもいいんですか？」

「はい、もちろん！」

「じゃ、じゃあフカヒレの姿煮でも……？」

ちょっと緊張で声がうわずった。いくらフカヒレが地元の特産品とはいえ、お店で食べたらおそろしい値段なのは想像がつく。

「大丈夫ですよ」

笑顔でうなずかれ、伸一はほっと胸をなでおろす。

「あとラーメンをお願いします」

「それだけですか？　ご飯ものは？」

「えっ、あっ、そうですね」

しまった、まさかそうくるとは思っていなかった。

「えっと」

伸一は慌てて(あわ)メニューを開き、ご飯もののページの一番上を指さす。

「これを」

「メカジキの魯肉飯(ルーローファン)ですね。少々お待ちください」

笑顔のまま、オーナーは厨房へひっこんでいった。

焦ってなんだかよくわからないものを注文してしまったが、どんな料理だろう。

もし激辛だったらどうしよう。

それとも謎の食材がてんこ盛りとか。

フカヒレの姿煮も、五センチくらいのミニサイズだったりして⁉

心配すぎる。

無料(タダ)ほど高いものはないという言葉を、自分は今日、身をもって思い知らされるに違いない。

だが伸一の予想を裏切って、テーブルの上に置かれた料理はどれも美味(おい)しかった。

もしかして今日はこのまま、何事もなく、無事にこの店をでられるのだろうか。

いやいや、最後にまたあのウェイトレスに、ラーメンのスープをぶっかけられるに違いない。

それとも、あれからもう一週間たっているし、いいかげんあのウェイトレスも、細いハイヒールをはき慣れた頃だろうか。

伸一はラーメンをすすりながら、店内を見回した。

いない。

ずっとオーナーが一人で注文をとり、料理をはこび、レジをうっている。食器をさげるのも、テーブルをセットし直すのも、すべてオーナーなので、かなり忙しそうだ。

ウェイトレスは休みなのか？

「替え玉いかがですか？」

オーナーがさわやかな笑顔で言う。

「あ、じゃあお願いします」

伸一はドキドキしながら頼んだ。

ひょっとしてここで突然、ウェイトレスに交替するなんてことはないだろうな⁉

緊張感につつまれながら待つこと数分。

違った。

今度もオーナーだった。

やっぱり、あのそこつなウェイトレスは休みのようだ。

そこまで考えて、伸一はハッとした。

違う、あんな大惨事をやらかしたから、クビになったんだ……！

まあ、いくらオーナーが優しくても、あの女の子はクビにせざるをえないだろう。

ほっとしたような、気の毒なような、複雑な心境で、伸一は替え玉を美味しくいただいた。

その後、タピオカとアイスコーヒーまでだしてもらい、さらに割引券までもらって、伸一はぱんぱんのお腹をかかえて帰途についたのであった。

四

伸一は夏休み中、週一のペースで海神別荘へ通った。

ラーメンが本当に絶品だったというのもあるが、行く度に新しい割引券をくれるのだ。あのオーナーは見かけによらず、やり手かもしれない。

夏休みが終わるやいなや文化祭の準備がはじまり、ラーメンどころではなくなってしまったが。

文化部は夏休み中前からじっくり準備するのかもしれないが、男子バスケ部はお手軽なカレー屋なので、直前まで何もしないのだ。

バタバタしているうちにあっというまに当日になり、伸一はひたすら紙皿にライスをもりつける役目をこなした。

午後になってようやく、駿平たちと他の教室をまわりはじめる。

「隣のクラス、メイド喫茶らしいぜ！」

「行くしかないだろ」

伸一たちは男子三人で、いそいそと隣の教室に入った。

「いらっしゃいませ、ご主人さま」

どこで調達してきたのか、かわいらしいメイド服に身をつつんだ女子たちがでむかえてくれる。

三人でアイスコーヒーを頼んで待っていると、中にひときわ目立つメイドがいた。

よせばいいのに皿を十枚近くかさねたり、トレイにぎっちりコーヒーカップをのせたり、大惨事の予感しかしない。

しかもどこかで見たような顔である。

まるまる三分間観察して、伸一はやっと思い出した。

今日は眼鏡(めがね)をかけていないし、化粧もしていないが、海神別荘で伸一にラーメンのスープをぶっかけたウェイトレスに似ているのだ。

いや、本人ではないだろうか。

「アイスコーヒー三つです」

つっけんどんにメイドは言うと、片手でコースターを一枚ずつテーブルに置きはじめた。

つい伸一はその女子の顔をじっと凝視してしまう。

やはり間違いない……気がする。

「あのさ、海神別荘でもウェイトレスをしてたよね!?」

意を決して伸一が尋ねた時。

「え？　あっ！」

　グラスをのせたトレイが傾き、危ない、と思った瞬間、伸一の頭にアイスコーヒーがぶちまけられた。

　予想した災難って、必ず自分にふりかかってくるんだな……。

　アイスコーヒーが頭から肩にむかってぼたぼた落ちていく音を間近に聞きながら、伸一は自分の予知能力に感心した。

　一拍おいて、カランカランと氷が床に落ちていく音がする。

　ホットコーヒーじゃなかったのは不幸中の幸いだ。

「大丈夫か、伸一⁉」

「大丈夫だ」

「ご、ごめんなさい」

「いや、今日は全然熱くないから」

「えっ……あっ、もしかして、替え玉を頼んだ人⁉」

「……うん」

　伸一の方はずっと彼女のことを心配していたのに、どうやら彼女の方は、すっかり伸一の顔を忘れていたようだ。

まあ、世の中なんてこんなもんだよ。

伸一は観音さまのような静かなほほえみをうかべた。

「あの、制服洗って返すから、クラスと名前を教えてくれる⁉」

「隣のクラスの斎藤伸一。でも洗濯はうちでするよ。着替えもないし」

「そっか。ごめん。あたしは小野寺瑠海。あたしの制服ならあるんだけど、入らない……よね」

なにせ伸一は身長が一八〇センチ近くあるのだ。肩幅も広いし、腕も太い。

女子の制服がはいる可能性はゼロである。

仮にはいったとしても、白のセーラー服を着る勇気はない。

「だれかジャージ持ってるやつに借りるからいいよ」

「本当にごめん!」

瑠海は深々と頭をさげたのであった。

# 五

文化祭の後も、伸一はしばしば瑠海と顔を合わせることになった。

なにせ教室が隣なのだから、どうしても廊下ですれ違ってしまうのだ。他にも校庭、下駄箱、体育館など、遭遇ポイントはいくつもある。

そのたびに伸一は替え玉事件やアイスコーヒー事件を思い出して、心臓がひっくりかえりそうになった。

瑠海が手ぶらの時はまだましなのだが、かばんでも持っていようものなら大変である。つい、瑠海が足をすべらせてすっころび、伸一の頭めがけてかばんが飛んでくるのをイメージしてしまうのだ。

瑠海の方もさすがに気まずいようで、伸一とすれ違う時は必ず目を伏せている。

今にして思えば、クビになった本人に、面とむかって、「海神別荘でもウェイトレスをしてたよね？」ときいてしまったのだ。

動揺のあまりトレイをひっくり返してしまったとしても無理はない。

悪いことをしてしまった……。

とはいえ、この緊張感はまた別問題である。

「あー、緊張した。心臓がドックンドックンいって、まじ破裂するかと思ったぜ」

伸一が右手で胸を押さえながら言うと、一緒に歩いていた駿平がブッとふきだした。

「さっきの、おまえにアイスコーヒーとラーメンのスープをぶっかけた女子だろ？」

「うん。見かけるたびに、今度は何がとんでくるか、つい身構えちゃうんだよ。まだ心臓がドキドキしてる」

伸一は大きく深呼吸して、自分の心臓を落ち着かせようとする。

「ぶはは、ウェイトレスしてない時は大丈夫だろ。おまえって本当に心配性だなぁ」

「おれもそうは思うんだけどさ、自分ではどうしようもないだろ？　ある意味、フリースローの時よりドキドキするよ」

瑠海に限っては、二度も大惨事の予感が的中してしまった過去があるので、なおさら心配が止まらないのである。

「あんまりドキドキしてると、吊り橋効果で恋に落ちちゃうから気をつけろよ」

駿平はニカッと笑った。

「吊り橋？　なんだそれ」

「男と女が一緒に吊り橋渡って、緊張からドキドキしてる時に告白すると、この人好きかもって勘違いして成功率があがるらしい」

「面白い話だけど、でもそれ、吊り橋渡った時だけだろ？」

「いや、スポーツでも、ホラー映画でも、とにかく心臓がドキドキしてれば吊り橋効果は発揮されるってテレビで言ってた」

　そんなばかなと言いたいところだが、駿平には彼女がいるだけに説得力がある。

　だが伸一の場合、ドキドキしているのは自分一人というところがせつない。

「なるべく心配しないように気をつけるよ」

　伸一は神妙な顔で言った。


　駿平の忠告をうけて以来、伸一は瑠海を見かけてもなるべくドキドキしないように心がけた。

　深呼吸をしたり、瑠海を見ないように視線をそらしたり、違うことを考えたり、伸一は思いつく限りの方法で心の平穏をめざす。

だが無駄だった。

そもそも自分の緊張感や失敗イメージをコントロールできるくらいなら、バスケの試合で、ここぞという時のフリースローに失敗したりしない。

自分は筋金入り（すじがねい）りの心配性なのである。

「ちっくしょう、おれは本当にだめなヤツだ……！」

男子バスケ部の部室で、伸一は思わずロッカーに頭をうちつけた。

「やめろ、ロッカーがこわれる！」

慌てて駿平が止めにはいる。

「すまん……」

「何があったんだ？」

「いや、別に何もないんだが、自分の心配性が嫌になったっていうか……」

「まだドキドキが止まらないのか？」

「うん」

「何のことだ？」

部員たちが心配半分、好奇心半分でよってくる。

　伸一が説明すると、瑠海と同じクラスの部員が首をひねった。

「小野寺瑠海が？　あいつは絵に描いたようなしっかり者の優等生なのに、そんな大失態をしでかすとは意外だな」

「しっかり者？　そこつ者じゃなくて？」

　伸一は驚いてききかえす。

「いや、おれも去年、小野寺瑠海と同じクラスだったけど、足をすべらせてすっころんだところなんて見たことないぜ」

　瑠海を知っている部員たちはみな、しっかり者だと太鼓判を押した。

「ひょっとしてわざと伸一を狙ってるのか？」

「えっ⁉」

　伸一は顔を青くする。

　もしかして自分は恨まれたり、嫌われたりしているのだろうか。

　まったく心当たりはないのだが、気がつかないうちにすごく失礼なことをしていたのでは⁉

「いや、そんなふうには見えなかったぞ。特に海神別荘では、他のテーブルでもコップの水こぼしたり、皿わったり、いろいろやらかしてたし」

駿平がきっぱりと否定してくれたおかげで、伸一は心配のあまり気絶しないですんだ。

「そうだったっけ？　おまえよく覚えてるな」

「なかなかきれいな脚のお姉さんだったからな」

「なるほど」

伸一はあの日、フリースローの失敗、絶品ラーメンとの出会い、そしてラーメンスープぶっかけられ事件と衝撃的なこととの連続だったので、他のことはもうよく覚えていないのだが、さすが脚フェチの駿平は違う。

「その点、文化祭の時は、いっぱい皿を重ねたりけっこう無茶してたけど、ものをひっくり返したのは伸一の時だけじゃないかな」

「たまたまじゃないか？」

チームメートの言うことを疑うわけではないが、すんなりと信じる気にもならない。なにせ自分は超がつく心配性なのである。

その日以来、伸一はさりげなく瑠海のことを観察しはじめた。

ある時は図書室で、はたまたある時は体育館で。

近よるとドキドキしてしまうが、ものを投げることができないくらい距離をおけば大丈夫だ。

幸い視力は左右とも一・五である。

すると、たしかに一度も足をすべらせないし、ものを落としたり、こぼしたりしない。

しっかり者かどうかまでは、離れた場所から見ているだけではわからなかったが、とにかく、ドジっ娘からはほど遠かったのである。

六

気仙沼港にサンマが続々と水揚げされる九月後半に、中間テストが実施された。

一週間後には、職員室前の掲示板に、各学年の上位三十名がはりだされる。

いつもは伸一はそんなものまったく見ない。バスケ三昧の毎日をおくっている自分の名前がのることは、まったくないからだ。

だが今回は違う。

「学年三位か……。たしかに優等生だな」

伸一ははり紙の前でうなった。

もちろん自分ではない。小野寺瑠海の順位である。

「おい、伸一、いつまで小野寺瑠海を観察し続ける気だ？」

声をひそめて尋ねてきたのは駿平である。

「何かまずいか？」

「だんだんストーカーっぽくなってる」

「えっ、家まで行ったりはしてないぞ」

「あたりまえだ」

駿平はぺしっと伸一の頭をはたいた。

だがたしかに、これ以上観察を続けても何もでてきそうにないし、自分でも止め時だなとは思う。

かくなる上は、きくしかないか、本人に！

伸一は決意をかためた。

数日後の昼休み。

ようやく瑠海が一人で廊下を歩いているところに遭遇した。

他の女の子たちと同様、黒に近い濃紺に黒襟の、冬のセーラー服に衣がえしている。

これ以上はないというくらい心臓が光速で脈打っているが、きくしかないのだ。

もし自分が恨まれていたらと思うと、怖くて仕方がない。

だがきかないことには、謝ることもできず、ただひたすら心配し続けるだけの高校生活をあと一年半も送ることになるのだ。

そんなこと、おれの心臓が耐えられるはずがない。

あたって砕けろだ。

伸一の悲愴な覚悟を知ってか知らずか、瑠海はいつものように目を伏せて、そそくさと通り過ぎようとする。

「お、小野寺、さん」

伸一はなんとか声をしぼりだした。

「えっ⁉」

瑠海はビクッとして立ち止まる。

「海神別荘にいた時のことだけど……」

「あの時は本当にごめんなさい！　あと、文化祭の時も！」

急に瑠海が大声をだしたので、驚きのあまり伸一の心臓は破裂しかかる。

「今さら責めるつもりはないから！　その場でいっぱい謝ってもらったし！」

つい伸一も大声で応じてしまう。

「え？　じゃあ……」

「その、ききたかっただけなんだ。おれのラーメンの時以外にも、いろいろ失敗してたみたいだけど、一体どうしてなのかなって」

緊張で汗がだらだら流れる。

「あの店のオーナーは兄の知り合いなの。それで、文化祭のためにウェイトレスの練習をさせてもらってたんだけど、何もかも初めてで慣れてなかったから。あとは、眼鏡」

「め、眼鏡？」

「うん。あの時、シェフのだて眼鏡を借りてたんだけど、あたしには微妙に大きくて、ずれちゃうことがあって……」

　そういえば、あの日、瑠海は眼鏡をかけていた。

「でもそんなの言い訳にならないよね、本当にごめん」

　再び瑠海はいさぎよく謝った。

　いろいろひどい目にあわされたが、実はいい奴なんだな、と、伸一は瑠海を見なおす。

「いや、わかったから、もういいよ」

「じゃあアたし、急ぐから」

　瑠海は逃げるようにして、伸一の前から立ち去った。

　瑠海の姿が見えなくなったのを確認すると、伸一は廊下の壁に両手をついて、大きく息を吐く。

　どうやら自分は、呼吸を忘れていたようだ。

　そうか、シェフのだて眼鏡がずれたからだったのか……って、ちょっと待て。それでなぜ足をすべらせるんだ？

　そもそもなぜ、シェフのだて眼鏡を借りたりしたんだ？

よく考えると、かえって謎は深まってしまったのではないだろうか。

せっかく勇気をふりしぼったのに、何てことだ。

だがこれ以上、本人に質問をすることはできない。

緊張で今にも心臓が爆発し、倒れる寸前だからだ。

「やっぱり海神別荘に行くしかないか……」

伸一は壁に額をごりごり押しつけながらつぶやいた。

七

その週の日曜日、伸一は久しぶりに三十分以上自転車をこいで海神別荘にむかった。

すっかり通い慣れたことと、陽射しがやわらいだおかげで、あっという間の道のりだ。

いつのまにか入道雲は姿を見せなくなり、澄んだ秋空の高いところに、うろこ雲が群れている。

伸一は駐車場の隅に自転車をとめると、店のドアをあけた。

そろそろ海辺の観光シーズンも終わりをむかえるせいか、夏休み中ほど混んでいない。

「やあ、いらっしゃい」

いつものようにオーナーが人あたりのいいさわやかな笑顔で出迎えてくれた。

「今日はメカジキのカレーがおすすめだよ。あとサメの肉まんかな」

「台湾カフェダイニングなのに、カレーってありなんですか？」

「うちのシェフがカレー好きでね、どうしても我慢できなくなって、いっぱい作っちゃったんだ。どう？　今日だけおかわりは無料でサービスするよ」

「じゃあカレーで」

サメの肉まんも気になるが、おかわり無料とあっては、頼まざるをえない。

「飲み物はどうする？」

「カレーだし、水でいいかな」

オーナーが伸一とおしゃべりしながらオーダーをとっていたせいだろう、珍しく厨房からシェフが両手に皿を持ってでてきた。

噂のメカジキのカレーのようだ。

シェフを見るのは初めてだが、たしかに映画俳優ばりのハンサムである。店内の女性客たちが、一斉にそわそわするのがわかるくらいだ。

どんな人がカレーを頼んだのかな、と、つい、伸一はシェフを目で追ってしまった。

若い女性客二人だ。

「えっ⁉」

伸一は目をみはった。

一人は瑠海だったのである。

しかもシェフと楽しそうに話しているようだ。

いつも伸一に気づくと、あからさまに目を伏せるくせに、シェフとはちゃんと目をあわせて、笑っている。

こんな表情もできるのかとびっくりするほど、いきいきした明るい笑顔だ。

楽しそうで、嬉しそうで、幸せそうな。

伸一を見る時はもちろん、ウェイトレスをしていた時も不愛想だったあの瑠海が。

もしかして、瑠海はシェフが好きなのだろうか？

それでウェイトレス研修の時に、シェフの力を借りるつもりで眼鏡を借りたものの、緊張のあまり、数々の失敗を繰り広げてしまったとか……？

ありうる。

大いにありうる。

そういう事情なら、緊張のあまり足をすべらせてラーメンのスープをぶっかけられても、赦す。おおいに赦す。

けなげだぞ、小野寺瑠海……！

伸一は一人、メカジキのカレーをがつがつとかきこみながら、目頭を熱くしたのであった。

海神別荘で瑠海を見かけてから三日三晩、伸一は悩み続けた。

瑠海がシェフのことを好きだと気づいたら、心臓がキリキリと痛むのだ。

特に廊下で瑠海とすれ違う時には、心臓に激痛がはしる。

それだけではなく、遠くにいるのを見かけただけでも苦しくなる。

いつもの心配からくるドキドキとはどうも違うのだ。

心配というよりも、つらいような、せつないような、あるいは、苦しいような。

これってつまり、今さらだが、自分は瑠海のことを好きになっていたということか!?

吊り橋効果に気をつけろという駿平の声が脳裏によみがえる。

いやいやいや、そんなはずはない。

おれはそこまで間抜けじゃないはずだ。たぶん。

それにおれは駿平に忠告されてから、心の吊り橋を渡らないよう、ずいぶん気をつけてきた……とは言いにくいが、とにかく違う。

たしかにあいつは話してみたら、意外といい奴だったが、それだけだ。

駿平だったら脚がきれいだっていうだけの理由で、恋に落ちるかもしれないが、おれは脚フェチじゃない。

じゃあこの心臓にキリキリくる痛みは何なんだ。

何か自分が瑠海のことで、苦しく思う理由はあっただろうか。

苦しく……心苦しく……申し訳なく!?

伸一ははっとした。

瑠海は他にもいろいろ失敗はしたようだが、おそらく、伸一にラーメンのスープをぶっかけてしまったのが決定打となって、海神別荘をクビになったのだ。

あの時伸一が替え玉さえ頼まなければ、瑠海はずっとシェフのそばで、ウェイトレス修業を続けられたはずなのに。

そうだ、この胸の苦しさは、自分が瑠海の恋路を邪魔してしまったことからきている、後悔の念なのだ。

なんということだろう。

まさかこんなことになるなんて。

そんなことをぐるぐる考えていたら、バスケの練習中もミスを連発してしまい、ふんだりけったりである。

「チッ、またはずしたか」

「最近調子悪いな。大丈夫か？」

駿平が心配して声をかけてくれた。

だが本当のことは言えない。

瑠海の恋路を邪魔したことがわかったら、馬に蹴られて死んでしまえと言われるに決まっている。

おれは卑怯者(ひきょうもの)だ……。

「大丈夫だ、原因はわかってる……」

伸一は顎(あご)の汗をユニフォームでぬぐいながら、うつむいた。

## 八

日曜はあいにくの雨模様だったが、伸一はレインウェアを着込んで、朝一で海神別荘へむかった。

予報では「昼前から雨」になっているが、予報よりも早く降りはじめて、ずぶ濡れになるイメージしかわかないからだ。

案の定、途中でぱらぱらと大粒の雨が落ちはじめた。

スリップを警戒してかなりスピードをおとしたが、なんとか開店前に海神別荘までたどり着くことができた。

いつもの入り口は閉まっていたので、裏口にまわる。

「すみません……」

裏口のドアをあけ、店の中をのぞくと、オーナーが伸一に気づいた。

「あれ、どうしたの？　ランチは十一時からだよ。けっこう降ってきたし、中で待つ？」

「あ、いえ、ここでいいです。それよりシェフはいますか？」

「いるよ。シェフに用なの？」

「はい」

伸一がうなずくと、不思議そうな顔をしながらも、オーナーはシェフを裏口によんでくれた。

「僕に何か用だって？」

厨房からでてきたシェフも、やはりけげんそうな表情をしている。

こんなに近くでシェフの顔を見るのは初めてだが、やっぱりハンサムだなぁと伸一は一瞬見とれた。

大きなとび色の瞳に、吸いこまれそうになる。

だめだ、見とれている場合じゃない。

伸一は頭を左右にふると、両手でパンと頬をたたき、自分に気合いを入れ直した。

「シェフ、お願いです！」

伸一は腰を九十度おりまげる。

「ん？」

「小野寺瑠海を幸せにしてやってください！」

「え？　どういう意味？」

シェフはあっけにとられている。

「シェフの恋人にしてやってください！　そしてできれば結婚してやってください！」

「んー、無理かな。僕、婚約者がいるんだよね」

「えっ⁉　いや、でも、そこを何と……」

伸一は最後まで言い終わることができなかった。

何かがとんできて頭を直撃し、白い粉のようなものがザーッとふりそそいだのだ。

「バカじゃないの⁉」

顔を真っ赤にしてキッチンからとびだしてきたのは、瑠海だった。

なぜここに瑠海がいるのだ⁉

「おまえの……」

おまえのかわりに、と、言う暇もなく、鼻先でバタンといきおいよくドアを閉められてしまった。

「瑠海ちゃん、かわいそうだよ。せめて拭(ふ)いてあげないと」

「いいんですよ、あんなやつ！　信じられない！」

ドアのむこうでシェフと瑠海が話している声が聞こえる。

瑠海はひどく怒っているようだ。

無理もない。

おれのせいで、失恋が決定的になってしまったのだから。

瑠海の恋路を邪魔した責任をとって、こっそり恋の手助けをしてやるつもりだったのに、まさかシェフに婚約者がいるなんて、夢にも思わなかった。

筋金入りの心配性なのに、恋愛経験が乏(とぼ)しすぎて、失敗のイメージを想像することができなかったのだ。

だがあれだけのハンサムだし、奥さんや婚約者や恋人がいても、何の不思議もない。

しかも失恋の瞬間に、瑠海を立ち会わせてしまった。

人生最大の不覚である。

一生かけても償いきれないダメージを、瑠海に与えてしまったかもしれない……。

ふと見ると、足もとに薄力粉の袋がころがっていた。

どうやら瑠海が自分にぶつけて、いや、ぶっかけた白い粉の正体は薄力粉だったようだ。

頭にかけられた薄力粉は、いまや雨で溶けて、どろどろした白いものになっているが……。

家に帰り着くまでに流れ落ちるといいなぁ。

伸一はどろどろの粉にまみれたまま、自転車にまたがったのであった。

九

十月も下旬にはいったある日。

「今度の日曜あいてる奴いるか？　芋煮会があるんだが。参加費五百円」

三年生の大場の募集に、部員たちの目がぎらついた。

芋煮会というのは、東北の秋の定番イベントで、河原や公園に大鍋(おおなべ)や薪(まき)、食材などを持ち寄って、芋煮を作り、食べる会のことだ。大人は酒を飲むこともある。

「格安ですね！　もちろん行きます」

真っ先に手をあげたのは駿平だ。

「薪はこびとか手伝わされるが、いいか？」

「もちろんですよ。伸一、おまえも行こうぜ」

「え？　あ、いや、おれは……」

薄力粉事件ですっかり伸一はうちひしがれてしまい、みんなで芋煮をかこんで、わいわい盛り上がる気分にはなれないのである。

「なんだ伸一、おまえまた何か、失敗のイメージに悩まされてるのか？」

大場の問いに、伸一は目を伏せた。

「いや、そういうわけでもないんですけど……」

「じゃあ来い。腹一杯食って嫌なことは忘れてしまえ。日曜の朝、姉ちゃんの車でおまえの家まで迎えにいくから」

「はい……」

体育会系部活において先輩の命令は絶対だ。

伸一はまったく気乗りしなかったが、拒否することはできない。

邪魔にならないよう、隅の方で一人、芋煮を食べていればいいか。


少し肌寒いが、よく晴れた日曜日の朝十時。

予告通り、大場の姉の千里が車で迎えにきてくれた。かわいらしい空色の軽乗用車だ。助手席には大場が、後部座席には駿平が乗りこんでいる。

「晴れて良かったですね」

駿平が運転席の千里に話しかける。

「そうだね、雨だったら屋内でやろうかって言ってたんだけど、やっぱり外でやった方が気持ちいいもんね」

千里はご機嫌である。かなりの芋煮会好きなのだろう。

「今日は山形風で作るんですか？　それとも仙台風？」

「ああ、それは気になるところだな。おれはどっちかっていうと山形風の牛肉入り醬油味の方が好きなんだけど、仙台風の豚肉入り味噌味も捨てがたいよな」

駿平の質問に答えたのは大場だ。

「人数多かったら山形風と仙台風の両方作るかもね」

「まさかの岩手風だったりして」

東北では近年、山形風芋煮と仙台風芋煮が激しい覇権争いを繰り広げているが、ひそかに岩手風の鶏肉に醤油味芋煮を愛好する者もいる。

気仙沼ではさらに里芋のかわりにじゃがいもを使ったり、肉のかわりに魚介類を使ったり、かなりおおらかだ。

要するに野外でわいわいと飲み食いし、楽しむことが重要なのである。

それにしても開催場所はどこなのだろう。

大場家からも近い、大川（おおかわ）の河川敷だろうと予想していたのだが、どうも車は違う方向にむかっているようだ。

唐桑のキャンプ場でもできるという噂はきいたことがあるが、そっちだろうか。

だが車はどんどん唐桑半島を南下していった。

このままだと、御崎神社の近くまで行ってしまう。

ということは、海神別荘からも近いわけで……。

その時、伸一ははっとした。

そもそも最初に海神別荘の替え玉サービス券をくれたのは、お姉さんだ！

まさか、海神別荘で芋煮会をやるのか!?

伸一の心臓は凍りつき、指先が冷たくなるのを感じる。

いやいや、外でやった方が気持ちいいと、さっき聞いたばかりだ。

だが海神別荘にはテラス席がある。

卓上コンロを使えば、十分、芋煮が作れるはずだ。

どうしよう、あの薄力粉事件の現場である海神別荘だったら……。

いや、海神別荘も、シェフもオーナーも悪くない。悪いのは、肝心な時に失敗のイメージができず、瑠海を傷つけてしまったおれだ。

とはいえ気まずすぎる……。

「あ、あの……」

伸一はうわずった声をだした。

「もしかして車に酔った？　もうすぐ着くからね」

「はい……」

だめだ、会場がどこなのか、怖くてとても聞けない。

あいかわらず失敗イメージは健在なのである。

祈ろう。

そうだ、御崎神社の海神さまに祈ろう。

お願いします、何とかしてください……！

伸一の祈りが通じたのか、千里は御崎の港のあたりで車を止めた。全員車をおりて、海岸へむかう。

潮風に吹かれながら、海辺で行う芋煮会らしい。

港の近くの小さな浜にはすでに十人以上が集まって、芋煮の準備をはじめていた。

「かまどってこんな感じでいい？」

若い男性が大きめの石を集めて、即席のかまどを作っている。

「こんにちは」

千里が声をかけると、男性たちはこちらを振り返った。

「ばばばっ！」

思わず伸一は驚きの声をあげ、立ち止まる。

私服だったから顔を見るまではわからなかったが、かまどを作っていたのは、海神別荘のオーナーだったのだ。

十

「あ、その、どうも……」

伸一はもごもご言いながら頭をさげた。

今すぐまわれ右で逃げ出したいが、なにせ歩いて帰れる距離ではない。

絶体絶命だ。

「おや、君、あの後、無事に家に帰れたかい？」

伸一に声をかけてきたのは、両手で大鍋をかかえるシェフだ。

白い綿シャツにカーキ色のベイカーパンツというシンプルな格好なのだが、サラサラの長い前髪を風になびかせて海辺に立っていると、映画のワンシーンのようである。

「あ、はい。ご迷惑おかけしてすみませんでした……」

「全然そんなことないよ。今日はいろいろ作るから、いっぱい食べていってね」

よく見ると、私服だが、腰には短いカフェエプロンをつけていた。

どうやら海神別荘主催の芋煮会のようだ。

「あの後って何のことだ？」

事情を知らない駿平が、けげんそうな顔で伸一に尋ねる。

「あ、おれ、薪はこぶの手伝います」

伸一は聞こえないふりをして、薪がつんである方に歩きだした。

だが、一歩ふみだしたところで、心臓がとびはね、よじれ、もんどりうった。

むっつりとした表情の瑠海が、発泡スチロールの白い箱をかかえて立っていたのである。おそらく食材だろう。

「あ、あの……」

伸一は蚊（か）のなくような小さな声をしぼりだしたが、瑠海はさっと視線をそらすと、そそくさと通り過ぎていった。

ここのところ校内ですれ違っても、瑠海はずっとこの調子である。

伸一のことをなじったりしないかわりに、謝らせてもくれない。

途方に暮れて伸一が立ちつくしていると、後ろを追ってきた駿平に肩をたたかれた。

「おまえ相変わらず小野寺瑠海の前では、心臓バクバクなんだな」

「いや、まえよりひどくなった気がする」

「おいおい、大丈夫か？　まあ今日はなるべく、そばに近寄らないようにするんだな」

「そうするよ」

伸一は弱々しく微笑んだ。

その後も続々と人は増え、参加者は三十人以上になった。子供から老人までいろんな世代の人がいる。

「いっぱい作るから、みなさん気合いを入れて食べてくださいね」

シェフは宣言通り、三種類の芋煮をつくった。仙台風、山形風、そして海鮮ピリ辛芋煮の三種類である。海鮮ピリ辛芋煮はシェフのオリジナルだ。

サイドディッシュは魚介類の網焼きである。

砂の上にレジャーシートを敷いて、座って食べている人もいるが、ほとんどは立ち食いだ。

「焼いて醬油たらしただけなのに、すんげぇうまいな。いや、醬油たらしてから焼いてるのか？　まあうまけりゃどっちでもいいんだが。おまえも食えよ」

駿平が牡蠣（かき）、帆立（ほたて）、イカなどをのせた皿をとってきてくれた。

「お、おお、サンキュ」

伸一は駿平から皿を受け取り、熱々の帆立の貝殻をそっと指先で持つ。

「うん、うまい」

磯の香りが口にひろがる。

だが一口かじると、伸一はそのまま動かなくなった。

「どうした？　魚介嫌いだったたっけ？」

「あ、いや、そんなことはない……」

伸一はまた帆立を一口かじり、動かなくなる。

仙台風芋煮の盛り付けを担当しているのが、瑠海だと気づいてしまったからだ。

「また小野寺瑠海が気になってるのか？」

「だって見ろよ、あのあぶなっかしいおたまの使い方。あれ絶対こぼすよ。下手したら鍋ひっくり返すんじゃないか？」

真剣に心配する伸一をよそに、駿平はプッとふきだす。

「また失敗イメージが発動してるのか」

「どうも今日は、悪い予想がことごとく的中してる気がして……」

「気のせい、気のせい。それよりこの海鮮ピリ辛、すんごくうまいぜ」

駿平にすすめられてスープをすすってみるが、今にも心臓が口からとびだしそうな緊張感のせいで、味がわからない。

「だめだ、味わかんない。おまえにやるよ」

「そんなにか」

駿平はあきれ顔で、海鮮ピリ辛芋煮がはいったスープボウルを受けとった。

「なんならこっちの網焼きもいるか？」

伸一はまだ手をつけていない牡蠣やイカなどがのった皿を、駿平にすすめる。

「いやおれもちょっとは肉食いたいし」

「お肉あるわよ」

仏頂面（ぶっちょうづら）で仙台風芋煮を駿平にさしだしたのは瑠海だった。

「あ、おれ、今、手がふさがってるから、伸一に渡しといてくれる？」

「いいわよ。はい」

「お、おう」

仲一はかすかに震える手をのばした。

ものすごく熱いんじゃないか、とか、ものすごく重いんじゃないか、そして、持てずにひっくり返してしまうんじゃないか、など、さまざまな失敗イメージが怒濤のようにおしよせる。

芋煮のスープボウルまであと二センチ、というところで、仲一は手をひっこめてしまった。

「ちょっと待って。手汗が」

仲一はジーンズでてのひらをぬぐい、ついでに手の甲もぬぐう。

「顔もすごい汗だけど、ピリ辛のタカノツメ食べちゃったの？」

「あ、まあ、そんな感じ」

もちろん大嘘だ。

「ちゃんと持てば大丈夫だから」

仲一がおそるおそるのばした右手の上から、瑠海がぎゅっと手をかさねた。

「うををっ」

びっくりして伸一は手をはなしてしまい、勢い余ってスープボウルをひっくり返してしまった。

熱かったのではない、瑠海の指の細さと柔らかさに驚いたのだ。

思いっきり中身が飛び散り、瑠海の靴やデニムパンツにもかかってしまう。

しまったあああっ。

「ごめん！　本当にごめん!!」

きっとまた激怒される。

そして何かを投げつけられるにちがいない。三度あることは四度あるのだ。

薄力粉の袋をぶつけられた時を思いだし、伸一はかたく目をつぶって、首を縮めた。

十一

伸一は待った。

だが、伸一の頭には何もとんでこない。

それどころか、瑠海がけらけら笑う声が聞こえてきたのである。

「あはは、これでおあいこだね！」

「えっ？」

伸一はおそるおそる目をあけた。

意外にも瑠海はまったく怒っていないようだ。

「大丈夫？　どこもやけどしてない？」

「平気」

駿平がさしだしたティッシュを受け取ると、デニムパンツをふきはじめる。

「あたしもこのまえのこと謝らないとって思ってたんだ。いくら腹が立ったからって、粉はやりすぎだった」

「粉って何のこと？」

「おれのせいで、小野寺さんは失恋しちゃって……」

「だからそれが全然違うって。あたし別にシェフのこと何とも思ってないよ。いったいどこからその勘違いはうまれたわけ？」

伸一が駿平に説明しようとすると、瑠海にさえぎられた。

「どこって、海神別荘でウェイトレスやってた時、シェフのだて眼鏡に緊張して、いろいろ失敗したんだろ？」

「違うから。慣れないウェイトレス修業でちょっとは緊張してたけど、あたしが失敗したのは、だて眼鏡のサイズがあわなかったからだって、ちゃんと言ったよね？　うっかり下むいた時や足すべらせた時に、急にずりっと眼鏡が落ちそうになって、それでいろいろ失敗しちゃったんだよ」

「そもそもどうしてだて眼鏡なんてかけてたの？」

「それは……」

もっともな駿平の質問に、瑠海は口ごもる。

シェフが好きだったから、何かシェフのものを身につけたかったんだろう。そのけなげな恋心、おれにはわかってるぞ。

伸一は無言でうなずいた。

「シェフが好きだったから、何かシェフのものを身につけたかった、なんて、伸一が勘違いしてるっぽいから、本当のことを言った方がいいよ。ひょっとしてチャイナドレスのせい？」

駿平が急に、とんちんかんなことを言いはじめたな、と、伸一はあきれたのだが。

「うっ。実はそう」

瑠海はぱっと顔を赤らめた。

えええっ⁉

伸一は仰天する。

当たりなのか⁉

「けっこうスリット深かったもんなぁ。膝上二十センチくらい？」

「やだ、言わないでよ！」

瑠海はいつのまにか、額も首も真っ赤である。

「膝上二十の短パンだったらはけないことはないんだけど、チャイナドレスのスリットって妙に恥ずかしくて。そこに同じ高校のあんたたちが来たから、急いで眼鏡で変装したのよ」

「なるほどね」

「でもただでさえ眼鏡がずれそうなのに、怖い顔でじろじろ見られて……」

瑠海は軽く伸一をにらんだ。

「えっ、おれ⁉」

「そうよ、文化祭の時にはもっと怖い顔でにらんでた。眉間にすごいしわをよせちゃって。今にして思えば、海神別荘でラーメンの丼をひっくり返したから、その恨みであたしをにらんでたんだよね」

「違う！　恨んでたんじゃなくて、心配してたんだ！」

伸一は急いで否定した。

「心配？」

「こいつ、超がつくほどの心配性なんだ。自分はもちろん、失敗しそうな他人を見ても、ドキドキハラハラで心臓が爆発しそうになるらしいよ」

「なにそれ、あたし心配されてたの⁉　あんな怖い顔で⁉　信じられない！」

瑠海はまたもけらけら笑いだす。

「じゃあ学校の廊下ですれ違う時、あたしのことをいつも怖い顔でにらんでたのは、何を心配してたの？」

「また何か投げつけられるんじゃないかって、つい心配になって……。かばんとか教科書とか」

「ばばばっ！　あたしを恐怖の乱暴者だって思ってたんだ！　ひどいな～！」

ひどい、と、言いながらも、瑠海はお腹をかかえて、ひーひー笑っている。

どうやら笑いのツボにはまってしまったらしい。

「じゃあさ、このまえシェフに告白したのはどういうつもりだったの？」

「おれのせいで店をクビになって悪かったなって思って……責任をとるつもりで」

仲一は大まじめなのに、瑠海はブブッとふきだした。

「そんなこと考えてたんだ！　よく思いついたね。その想像力、ううん、妄想力には感動したよ！」

「……違うのか？」

「違う違う。だいたい、あたしクビになんかなってないよ。もともと、文化祭でメイド喫茶やるから、一週間だけウェイトレスの特訓させてくださいって頼んであったんだもん。クビじゃなくて任期満了だよ」

「おれがラーメンの替え玉頼んだせいじゃなくて？」

「ぜんっぜん関係ない」

「そうだったのか……！」

仲一は思わずその場にくずおれた。

何もかも自分の勘違いだったのだ。

ああ、おれって本当にばかだなぁ。

おれのせいで失恋したんじゃなかったのは良かったけど。

そうか、シェフのこと、好きじゃなかったのか。あんまり笑顔がキラキラしていて
まぶしかったから、てっきり好きなんだと思ったんだけど、違ったのか……。

だがともかく、謝らないと。

「小野寺瑠海さん！」

伸一は砂の上に手をついて頭をさげた。

何て言えばいいんだろう。

とにかく、ごめんなさいでいいんだろうか？

「おれ……おれは……」

頭の中がぐるぐるしていて、言葉がでてこない。

「いきなり何!?」

瑠海は驚いて、半歩後じさる。

今にも逃げだしそうだ。

早く何か言わないと！

何か……。

「付き合ってくださいっ！」

伸一は叫んだ。

「は、はいっ！　はい？　えっ!?」

二人とも混乱して、いったい何がおこったのかよくわからず、呆然としている。

「ちょっと待って、今の何？」

先に我に返ったのは瑠海だった。

「あ、ええと」

伸一が正気に戻りかけた時。

「カップル成立おめでとうー！」

駿平が大声をあげたものだから、まわりの人たちがよってきた。

「あら、おめでとう！」

「なになに、たったいま告白したの？　はー、若いわねー」

「いや、ええと……駿平！」

拍手されたり、ひやかされたりして、伸一はようやく自分がしでかしたことを悟り、あわてふためく。

「おれ絶対、伸一はもう吊り橋から落っこちてると思ってたんだよな。いつも心配でドキドキするとか言いながら、目で追っては真っ赤な顔してたしさ」

「待って待って、あたし、そんなつもりじゃ」

珍しく瑠海も顔を赤くして、あわてて訂正しようとした。

「いやいや、伸一のようなメンタルの弱い男には、小野寺さんみたいにしっかりした彼女が必要なんだよ。頼むよ、バスケ部のために」

駿平は左手にスープボウルと割り箸を持ったまま、右手で瑠海をおがむ。

「なんであたしが！」

「たぶん伸一はラーメンのスープをぶっかけられた時に恋に落ちたんだと思うんだよね。責任とってよ」

「どMなの!?」

「そうそう。どMでクソ真面目で心配性だけど、いつも一所懸命ないい奴なんだよ。しかも君にベタぼれしてる。付き合ったらそうとう面白いよ？　さっきも手が重なった瞬間、ありえないくらい顔真っ赤になってたし」

「ばばばっ」

駿平の指摘に、伸一は耳まで赤くなる。

いやだって、指がすごく細くて、柔らかかったから……。

そうなのか?

そういうことなのか、おれの心臓!?

「あの……何がなんだかよくわからないんだけど」

とまどう瑠海に、シェフがにっこりと微笑む。

「瑠海ちゃん、そういう時は、とりあえずお友だちから、って答えるものだよ」

「あ、じゃあ、それで……?」

瑠海が小首をかしげながら答えると、まわりの参加者たちが一斉に「おめでとう!」「お幸せに!」と祝福してくれたのだった。

## 十二

あれから一週間。

とりあえずお友だちからはじめることになってしまった二人は、一緒に図書館へ行くことにした。

まだ伸一は瑠海と並んで歩くのに慣れていないので、なんとなく足取りがぎこちない。

「なんとなくオーナーに丸めこまれちゃったのよね」

瑠海は歩道を歩きながら、唇を尖らせる。

「もし友だちも嫌だったら、知り合いからはじめるのでもいいんだけど」

「それはもうなってるよ」

「そ、そうだった」

「斎藤君、さっきから手と足が一緒にでてるけど」

「ばばっ!?」

「もしかしてまた心配してるの？　手に何も持ってないし、投げるものないよ」

瑠海は今日は、かばんを肩から斜めにかけているのだ。瑠海なりの、伸一への気配りかもしれない。

「それはわかってるんだけど、なぜかドキドキしちゃうんだよ」

心配じゃなくて、緊張、いやそれとも？

もう自分でも何のドキドキだかよくわからない。不整脈とかゆうやつか？

「仕方ないなぁ、もう」

瑠海が肩をすくめた。

次の瞬間、伸一の右手に、何か柔らかいものがふれる。

瑠海のほっそりした指が、伸一のごつごつした指をそっと握りこんだのだ。

びっくりして、伸一はひっくり返りそうになる。

「こうしていれば、何も投げられないから安心でしょ？」

そう言う瑠海の横顔が、ほんのりピンクに染まっている。

うおおおおおっ、なんて可愛いんだ――――!!

喜びの雄叫びをあげ、走り回りたいのを伸一は必死で我慢した。

ここが図書館でさえなければ！

やっぱり駿平おすすめの、カラオケルームに行くべきだった。

いやでも狭い部屋に二人きりだなんて、まちがいなく心臓が爆発してしまう。

このドキドキが瑠海にも伝わって、一緒に吊り橋から落っこちてくれるといいなぁ。

そうだ、クリスマスには一緒にケーキを食べよう。

それからそれから。

伸一はほっそりした指の柔らかな手ざわりにはてしなく舞い上がり、生まれて初めて、これ以上はないくらい、たくさんの幸せをイメージしたのであった。

第五話

# はるかなり美しき青きドナウ

# 一

バレンタインデーから十日ほどがすぎた、冬晴れのある日。

国立の自宅の近くにあるコンビニで槙原秀行がレジ打ちをしていると、隣のレジにはいっていたアルバイトの原田美音に助けをもとめられた。

「槙原さん、すみません、宅配便ってプリペイドカードでも払えましたっけ？」

「大丈夫だよ。このボタンで支払いを選択して……」

「すごい！　さすがですね、ありがとうございます、どんな質問にも即答できる神アルバイトの異名は伊達じゃないですね！」

美音はもちろん、お客さんまでが感嘆の眼差しで賞賛してくれて、槙原は照れ笑いをうかべる。

「いやぁ、まぁ、長くいるだけだけどね〜〜」

頭をぽりぽりかきながら、槙原は自分のレジに戻った。

休憩時間になると、あらためて、美音が槙原にお礼を言いに来た。

「さっきは助かりました。あたしここでアルバイトはじめてから、もうすぐ三年になるのに、要領悪くてすみません」

「プリペイドカードで宅配便払う人なんて滅多にいないから、仕方がないよ。気にしないで大丈夫」

「そうでしょうか……。ありがとうございます。そうだ。これ、ささやかなお礼です。槙原さんが好きなキットカッツ」

美音は小さな赤い袋入りチョコレートを両手でさしだす。

「えっ、そんな、気をつかわないでいいのに」

「でももう買っちゃいましたから」

美音はにこっと笑うと、はい、と、槙原の手にチョコをのせた。

「本当に槙原さんにはいつも助けていただいて、みんな感謝してます。ここだけの話、店長よりずっと頼りになるってみんな言ってます」

「なんだかんだで、もう十年近くここでアルバイトしてるからね」

「正社員にはならないんですか？　このまえ店長に、採用試験を受けてみないかってすすめられてましたよね？」

「ならないよ。正社員になったら好きな日に休めなくなっちゃうし、転勤もあるし。おれはあくまで柔道家だからね！」

槙原は胸をはって答えた後、「とか言いながら、柔道じゃ食べていけないんだけどさ」と苦笑いでつけたす。

「原田さんはまだ大学生だっけ？」

「はい。二年生の時、ヴァイオリン科の先輩の宮内(みやうち)さんが、自分はウィーンに行くことになったから、かわりにどう？って言ってくれて」

「そういえば原田さんって、宮内さんと交代でここのアルバイトはじめたんだっけ」

槙原は遠くを見るような目をする。

「宮内さんがウィーンに行ってしまって、もうすぐ三年なんだなぁ……」

「あ、でも、今度、三年ぶりに帰国するらしいですよ」

「えっ⁉」

槙原は驚きの声をあげた。寝耳に水である。

「日本に帰ったら一緒にご飯食べようって、メールもらいました」

「そうなんだ！」

自分はそんなメールもらってないけど……。

槙原は、一瞬、落ち込みそうになった。

だが、せっかくの大朗報だ。落ち込んでいる場合ではない。

「原田さん、ありがとう！」

槙原は両手で原田の手を握ると、ぶんぶん上下にふる。

「あっ、ごめん、ヴァイオリンを弾(ひ)く大事な指を！」

慌(あわ)てて手をはなす。

「このくらい大丈夫ですよ」

美音は、ふふっ、と、おかしそうに笑ったのであった。

## 二

ようやく咲きはじめた梅の花を寒風がゆらす夕暮れどき。

初午(はつうま)と二(に)の午(うま)の凧市(たこいち)がおわり、王子(おうじ)の森下通り(もりしたどお)商店街は、いつもののどかさをとり戻している。

槙原が陰陽屋(おんみょうや)の黒いドアをあけると、薄暗い店内では、童水干(わらべすいかん)を着た瞬太(しゅんた)が美味(おい)しそうにプリンを頬張(ほおば)っていた。

太い黒フレームの眼鏡(めがね)をかけたいかめしい顔立ちの老婦人が、満足げな表情で、一緒にテーブルを囲んでいる。

蠟燭(ろうそく)のゆらゆらゆれる炎に照らされて談笑する二人の姿は、知らない人が見たら、かなり奇妙、いや、珍妙な図に違いない。

「あっ、槙原さん！　ごめんね、出迎えもしないで」

急いで立ち上がろうとする瞬太を、槙原は右手で制止した。

「いや、そのままでいいよ。ヨシアキは奥にいるの？」

槙原は祥明(しょうめい)の幼なじみなので、本名のヨシアキでよぶのだ。

「祥明は今、本屋に行ってるけど、そろそろ帰ってくる頃だから、ここで一緒に待っててて」

瞬太は自分の隣の椅子をひいて、槙原にすすめる。

「ありがとう。でも、こちらは……」

槙原は強面の老婦人をちらりと見た。

「構いませんよ。おかけなさい」

「はい」

威厳に満ちた声と表情に逆らえず、槙原は素直に腰をおろす。

「ばあちゃん、槙原さんとプリン半分こしてもいい？」

瞬太が老婦人に尋ねた。

「瞬太君のおばあちゃんなのかい？」

「あら、瞬太ちゃんのおばあちゃんに見える？　嬉しいわ」

老婦人の表情が一瞬にしてとろける。

どうやら瞬太がかなりのお気に入りのようだ。

「本当のばあちゃんじゃないけど、近いかな。仲条さんだよ」

「どうも、槙原といいます」

「よろしくね」

老婦人は鷹揚にうなずく。

「槙原さん、ばあちゃんの手作りプリン、すごく美味しいんだよ。特に今日の新作のココアプリンはちょっとほろ苦くて、大人の味なんだ」

瞬太は解説しながら、槙原にココアプリンを半分わけた。

「手作りの焼きプリンか。凝ってるなぁ」

槙原は一口食べると、予想以上の美味しさに驚いた顔をする。

「なんだこれ！　すごく美味しいです！　お店だせますよ！」

「そう？」

槙原がココアプリンをぺろりとたいらげると、老婦人はまんざらでもなさそうな顔で、眼鏡のフレームの位置を直した。

「ところで槙原さん、今日は祥明に何の用？」

「来週、柔道の大会があるから、必勝祈願のお守りを買いにね。あと、ついでに占いを頼もうと思って」

槙原は、ついでにを強調したつもりだが、かえってばればれだったかもしれない。

「へぇ、占いかぁ。あっ、もしかして恋占い？」

あっさり瞬太に見破られてしまった。

「いや、まあ、恋占いっていうほどでもないんだけど」

槙原の口もとがへにょりとゆるむ。

「瞬太君、おれのバイト仲間だった宮内さんって覚えてるかな？　もうすぐ日本に戻ってくるらしいんだ」

「宮内さん？　聞いたことあるような、ないようような」

瞬太は首をかしげる。

「ほら、群馬で遺言状を捜してもらった時の」

「ああ、夏央さんかぁ！」

「そうそう、ヨシアキが余計な入れ知恵をしたせいで外国へ行っちゃったんだけど、やっと帰ってくるらしいんだよ」

「あら、ウィーンに留学している宮内夏央のことかしら？　あたしの姪よ」

律子が言うと、槙原は思わず立ち上がっていた。

「これはこれは、宮内さんの伯母さまでしたか！　おれ、国立のコンビニでアルバイト仲間だった槙原秀行といいます！　柔道家です！」

槙原がいきなり、大声で、しかも気をつけの姿勢で自己紹介をはじめたものだから、律子はもちろん、瞬太もあっけにとられている。

槙原の顔は、緊張と興奮で真っ赤だ。

「ここでお目にかかれたのも運命ですね！　感激です！」

「運命？」

律子はけげんそうな顔をしているが、槙原はおかまいなしだ。

「ぜひこれからもよろしくお願いします！」

槙原はいきおいよく頭をさげすぎて、テーブルにゴチンと額をぶつけた。

「槙原さん大丈夫⁉」

驚いて瞬太が尋ねるが、槙原の耳には入っていない。

「それで宮内さんが何日に帰ってくる予定か、伯母さまはご存じでいらっしゃいますか⁉」

「三月十日が結婚式だから、一週間前には帰ってくるんじゃないかしら」

「結婚式？　ああ、ご友人かご親戚の結婚式に招待されてるんですね」

「夏央ちゃんよ。ウィーンで知り合ったピアニストと結婚するんですって」

「は？」

槙原はきょとんとした顔で、目をしばたたく。

「伯母さま、今、なんと？　自分、急に耳がおかしくなったようなのですが」

「だから夏央ちゃん、結婚するのよ」

「な……!!」

槙原の顔からさーっと血の気がひき、みるみる真っ青になっていったかと思うと、後ろに倒れそうになった。

「槙原さん!?」

隣にいた瞬太がとっさに後ろにまわり、ありったけの力で槙原を支えようとする。が、体格差がありすぎて、支えられたのはほんの三秒ほどだった。

槙原は瞬太を下敷きにして倒れてしまう。

「瞬太ちゃん、大丈夫!?」

律子は槙原を容赦なく突き飛ばして、瞬太をひっぱりだした。

「ありがとう、ばあちゃん。痛いけど平気だよ。おれより槙原さんは大丈夫かな……」

槙原はテーブルの下にもぐりこみ、床にむかってぶつぶつ言っている。

「おのれヨシアキめ……。あいつが宮内さんに、嫌な親戚と縁を切りたければ海外に行くのが一番いいなんて余計なことを言ったばっかりに、こんな最悪の事態に……」

「何ですって？」

老婦人の眉間にきゅっとしわがよった。

「ま、槙原さん、今、その話はちょっと……」

瞬太は言いかけて、はっとした表情になる。

「こんな時に……！」

瞬太は入り口にむかって走ったが、鼻先で黒いドアがあく。

「ん？　なんだ、キツネ君、おれは出迎えないでいいぞ」

いつもの白い狩衣姿の祥明が、買い物から戻って来たところだった。右手に本屋の紙袋を持ち、左手にコンビニの袋をぶらさげている。

「律子さん、いらっしゃってたんですか。いつも差し入れをありがとうございます」

祥明は老婦人にむかって、営業スマイルをふりまいたが、老婦人は謎めいた微笑みをうかべている。

「それからテーブルの下にいるのは、もしかして秀行か？　そんなところで何をしてるんだ？」

槙原の肩がピクリとゆれた。

「ヨシアキ……よくも、ぬけぬけと、おれの前に顔をだせたな……」

「え？」

「ゆるさーん！」

槙原は振り向きざまに立ち上がると、祥明の襟をつかむ。

見事な背負い投げが炸裂し、その日、久しぶりに祥明の身体が宙を舞ったのであった。

三

三月に入り、国立では桜の芽が少しずつふくらんできたが、槙原の顔色はさえない。

アルバイトの休憩時間に槙原が肩をおとし、ため息をついていると、心配そうな顔の美音が声をかけてきた。

「槙原さん、大丈夫ですか？　最近元気がないみたいですけど」

「そうかな？　気のせいだよ」

槙原はから元気で笑ってみせる。

「そういえば、宮内さん、結婚するんですね。昨日、招待状をもらってびっくりしました」

「そうみたいだね……」

から元気はあっという間にしぼんでしまい、槙原は再び暗い顔でため息をついた。

「お相手は新進気鋭のピアニストなんですよ」

「へー……」

「あの……もしかして槙原さん、宮内さんのことを、この三年間ずっと待ってたんですか？」

「いや、そういうわけでもないんだけど、帰国するって聞いて、また会えるって思ったら、急に気持ちが盛りあがっちゃって。よく考えたら、この店に顔を出してくれるかどうかすらわからないのに、おれってばかだよな……」

ははは、と、槙原は気の抜けた笑みをうかべる。

「そんなことありませんよ。宮内さんがうらやましい……」

「え、何か言った？」

「いいえ、何でもありません」

美音は寂しそうに微笑む。

美音が大学卒業とともにアルバイトを卒業していったのは、それから二週間後のことであった。

# 第六話

# 真ん中の男

# 一

春爛漫（らんまん）。

飛鳥山（あすかやま）公園の主役がソメイヨシノから八重桜に入れ替わる頃。

おれ、高坂祐紀（こうさかゆうき）は、とある私立の高校に入学した。

同じ日、妹の奈々（なな）は、うちから歩いて十分ほどのところにある都立飛鳥（あすか）高校に入学したのだが、おれと奈々は双子ではない。おれが四月生まれ、奈々が翌年の三月生まれなので、一歳違いなのだが同学年なのである。

ついでに言えば、顔も性格もまったく似ていない。

おれと奈々は同じ保育園、小学校、中学だったので、初めて違う学校にわかれたことになる。しかもこっちは男子校だ。

さらに言えば、史尋（ふみひろ）兄貴も奈々と同じ飛鳥高校の三年生なので、一人だけ自転車で別の学校に通うというのも、新鮮な気分である。

なにもかもが目新しい高校生活だが、おれはあっという間になじんでいった。

三人きょうだいの真ん中に生まれたせいか、わりと人づきあいは得意なのだ。

そんな自分のことを、おれはひそかに、「真ん中の男」とよんでいたりする——。


高校に入学してから半月がすぎた。

ＪＲ王子駅の北側にある王子銀座商店街は、夕暮れ時ともなると、買い物客と駅へむかう帰宅の人たちでごった返す。

当然、自転車もゆっくりとしか進めない。

「ただいま」

おれは高坂理髪店のドアをあけながら言った。

おれが生まれるはるか以前にたてられた店は、二階と三階が住居になっている。住居用の裏口もあるが、店をつっきった方が早い。

「おかえり。冷蔵庫にいただきもののシュークリームが入ってるから、一個食べていいよ」

お袋がお客さんの髪をシャンプーしながら、おれに声をかけた。

「うっす」

「祐紀君ももう高校生か。おれも年をとるはずだなぁ」

親父がカットしているのは、近所のサクラ靴店の爺(じい)さんだ。

「そんなことないさ。おじさんはちっとも変わらないよ」

おれは笑顔で爺さんに言った。別にゴマすりで嘘をついたわけではない。

おれが物心ついた時には、もう爺さんだったからだ。

爺さんの頭頂部はつるつるだが、耳のラインより下は黒い髪がふさふさなので、落(お)ち武者(むしゃ)に近くなると切りに来る。

「祐紀君は世渡り上手だなぁ。お世辞でも嬉しいよ。どうだい、うちの店を継がないか?」

「あはは、このまえ蕎麦八(そばはち)さんにも同じことを言われたよ」

「あいた、出遅れちまったか!」

「息子さんは店を継がないって言ってるんですか?」

白い理容師服を着た親父が尋ねた。

「そうなんだよ。おれが引退したら、マンションに建て替える算段をしてるらしい。

その点、高坂理髪店は、奈々ちゃんが継ぎたいって言ってくれてるから安心だね。うらやましいよ」

「なんだかネイルやエステもできるおしゃれなサロンにしたいなんて、好き勝手なことを言ってますよ」

「おしゃれなサロンときたか。おれが髭をあたりにきちゃ場違いになっちまうな」

「まあと三十年は譲る気ないんで、安心してください」

「頼んだよ」

親父と爺さんはガハハと大声で笑う。

よく言うよ、親父は奈々には甘々で、何でもきいちゃうくせに、と、おれは心の中でつっこんだが、口にはださなかった。

「あら、祐紀君は飛鳥高校に行かなかったのね」

シャンプーが終わって、身体をおこしたお客さんが、詰襟の制服を見て言った。たしか線路のむこうにある上海亭のおかみさんで、名前は江美子さんだ。

兄貴が友だちと一緒に、ちょくちょくここのラーメンを食べにいっているのだが、けっこううまいらしい。

「まあお兄さんと同じ高校っていうのも、いろいろと面倒臭いもんね」

江美子さんはズバッとおれの心を読んできた。

そう、うちの兄貴は恐ろしく何でもできる。勉強ができ、スポーツもまあまあで、背が高く、顔も良く、性格まで良くて、おれたちの面倒もよくみてくれる。

完璧だ。

その点、おれは何もかもが中くらいである。

身長一七〇センチの中肉中背体型。顔も普通。勉強もスポーツも中の中。

つまりおれは、三人きょうだいの真ん中であるだけでなく、何もかもが真ん中なのだ。

当然ながら、兄貴とくらべられるのはしんどい。

中学校までは、同級生にも先生にも、「おまえ本当にあの高坂の弟か?」と言われたものだ。

さすがに十五年間言われ続けて慣れたけど。

「きょうだいと一緒の学校が絶対に嫌だっていうわけじゃないんだけど、飛鳥高校には野球部がないからね」

おれは飛鳥高校に行かなかった公式の言い訳を口にした。

「祐紀君は野球やってるの？」

「ブラスバンド部だけど、野球部がないと張り合いがないっていうか、コンクール一色になっちゃうから」

「この子、生意気にもトランペットを吹いてるんですよ」

お袋は江美子さんの肩をマッサージしながら補足する。

「あらブラスバンドの花形じゃない」

「一応ね」

詳しく言うと、おれはトランペットなのだが、トランペットは人気があるので人数も多い。当然、コンクールにでられるのは、トップレベルの上級生ばかりだ。トランペットの演奏も中の中であるおれに出番はない。

だが野球の応援は違う。

希望者優先なのだ。

炎天下の演奏は大変なので敬遠されがちだが、少々間違っても勢いでのりきれるし、運良く試合が平日にあたれば、授業をさぼるチャンスもある。

そんなこんなで、真ん中の男であるおれは、最初から、甲子園の予選応援に照準をあわせているのだ。

これがもしも兄貴だったら、人の三倍練習して、一年生ながらコンクールにだしてもらえるよう努力するだろう。

実際、兄貴は、飛鳥高校でも、新聞同好会をいちから立ち上げて、ほぼ一人で校内新聞をだし続け、とうとう部に昇格させたらしい。

尋常ならざる努力家なのである。

この調子なら、子供の頃からの夢をかなえて、本当に新聞記者になりかねない。っていうか、間違いなくなるんだろうな。

おれは違う。

与えられた環境で、決して無理せず、なるべく楽な道をすすむ。

越えられない壁は迂回(うかい)すればいい。

高校卒業後のことは何一つ考えちゃいないが、まあ、そこそこの大学に行って、そこそこの仕事につければいいかと思っている。

これぞ真ん中の男の処世術である。うむ。

## 二

「祐兄(ゆうにい)ちゃん、おかえりぃ」

ようやく店での長話から解放されて、二階にあがると、リビングの真ん中に奈々がでーんと座って、シュークリームを頬張(ほおば)っているところだった。

こいつは身体もでかいが、態度もでかい。

三人目にしてようやく生まれた女の子、しかも末っ子ということもあり、祖父母はもちろん、両親からも甘やかされまくっているせいである。

しかも、兄貴ほどではないが、これまた勉強がけっこうできる。顔も声もかわいらしい。

我が妹ながら、上の中と言っていいだろう。

だがおれは、座卓の上にころがっている空っぽの紙箱を見逃さなかった。

「おまえ、その空き箱、まさか……」

「冷蔵庫にシュークリーム入ってたから食べたんだけど、何か問題あった？」

「大ありだよ！　一人一個ってお袋が言ってたじゃないか！」

「へー、そうだっけ？」

と言いながら、シュークリームの最後の一かけらも口に放り込み、指先についた生クリームをなめる。

綱引きのロープなみに図太い女に文句を言っても、のれんに腕押しだ。

チクショウ、こいつ絶対に確信犯だな。

「一体何をもめてるんだ？」

絶妙のタイミングで兄貴が帰ってきたので、おれは早速、奈々の悪行を訴えた。

「だからおれも兄貴もシュークリーム無しなんだよ。ひどいだろ？」

「それは奈々が悪いな」

「えー、だって知らなかったんだもん」

「知らなくても、全部食べてもいいか母さんにきくべきだったね。とはいえ食べてしまったものは仕方ない」

「だよね」

奈々はざまあみろと言わんばかりの顔をおれにむけた。

「今度またシュークリームやケーキをもらった時、奈々は自分のぶんを祐紀にあげること」

「えー!?」

奈々は口を尖らせて不満を表明するが、大好きな史尋兄貴の裁定なのでしぶしぶ受け入れる。

「それでいいよね？　祐紀」

「お、おう」

そう、何もかもが完璧な兄貴と奈々の最大の違い。

それは奈々の性格がとほほなことである。

これで性格さえ直れば上の上の妹だが、残念ながらそんな日は一生きそうもない。

「真ん中の男か。面白いこと考えるなぁ」

感心してほめてくれたのは、教室で隣の席の小西である。

頭を五分刈りにしたこいつは、見かけ通り野球部員なのだが、ポジションはなんとマネージャーである。

マネージャーは髪をのばしてもかまわないはずだが、好きこのんでいがぐり坊主にしているらしい。

「まあ要するに中の中ってことなんだけど、真ん中って言った方が格好良いだろ？」

「そうだな。真ん中はいいよ。野球で言えばストライクだし」

小西はにこにこと言う。

「いいかなぁ。ストライクゾーンのど真ん中って、一番打たれやすいコースじゃないのか？」

「でも直球ストレートど真ん中で打者をうちとるのって、最高に気持ちいいんだよ？」

小西は右手の拳（こぶし）をギュッと握った。

直球とストレートって同じだよな、と、思ったが、大事なことは二度言うっていうあれだろうか。

「へぇ。よくわからないけど、そう言われると真ん中もいいっていう気がしてきた」

「そうこなくちゃ」

小西は満足げにうなずいた。

三

そんなおれの普通の人生に、突然のアクシデントがふりかかってきた。

梅雨入りしたばかりの六月中旬、遅い夜の食卓を家族全員でかこんでいた時のことだ。

「あたし店を継ぐのやめた」

奈々が高らかに宣言したのである。

「モデルになることにしたから」

「奈々、またモデルにスカウトされたの？　まえも言ったけど、渋谷や原宿にいるスカウトなんて、ろくなもんじゃないわ。うまいこと丸め込まれて所属料をだましとられたり、アダルトビデオにひっぱりだされたりするのがおちなんだから」

みんながみんなそんなスカウトばかりではないだろうが、おだてに弱い奈々が舞い上がるのを警戒して、お袋は常に牽制モードなのだ。

「その話はもう聞き飽きたよ」

お袋の説教を、奈々は鼻先でふき飛ばした。

「実はあたしもう、モデルデビューしてるんだ。読モだけど」

「毒蜘蛛？」

祖父が首をかしげる。

「違うよ。読者モデル、略して読モ」

商店街のはずれにある若田豆腐店の息子の奥さんが、ファッション雑誌の編集者をしているのだが、奈々に読者モデルをやってみないかと誘ってくれたのだという。

「で、やってみたのがこれ」

じゃじゃーん、と、広げた十代の女の子むけのファッション雑誌には、たしかに奈々がのっていた。

ばっちりメイクをしているせいもあって、実物よりさらにかわいい。ポーズもそこそこさまになっている。

服装はわりと普通の白Tシャツに黒のストレッチパンツだ。しかしこうして見ると、身長はほぼおれと同じだが、脚の長さが全然違う。

「プロのスタイリストさんに服やアクセを選んでもらって、プロにヘアメイクしてもらって、プロに撮影してもらって、すっごく楽しかった。ね、続けてもいいでしょ?」

奈々は一番攻略しやすい親父に頼む。

「そこまで言うんなら、やれるだけやってみろ」

案の定、親父は奈々の転向をあっさり許した。

「ちゃんと勉強もしなさいよ。成績おちたら即終了だからね」

お袋は反対しても無駄だと知っているので、条件付きの許可である。

「でももし奈々がプロのモデルさんになっちまったら、高坂理髪店はどうなるんだ?史尋は新聞記者になりたいんだろ?」

「祐兄がいるじゃない」

祖父の疑問に、しれっと奈々が答えた。

「お、そうか。祐紀、おまえ、うちの店を継げ」

「えっ、おれ!?」

家族全員の視線をあびて、おれは慌(あわ)てた。

「そうね、祐紀は愛想がいいし、手先も器用だし、けっこうむいてるかも」

「頼んだぞ、祐紀」

「ちょっと待て！　親父もお袋も本気で言ってるのか!?」

「頑張ってね！」

調子に乗って、奈々までにかっと笑う。

誰のせいだ！

「兄貴、何とか言ってよ」

「他にやりたいことがないのなら、試しにやってみてもいいんじゃない？」

「えええっ!?」

頼みの綱である史尋兄貴にまで笑顔で言われ、おれは崖下に突き落とされた。

おれの人生設計がっっっ……！

四

翌日の夕方、おれが自転車で雨上がりの王子銀座商店街を走っていると、蕎麦八の爺さんによびとめられた。

「祐紀君、高坂理髪店を継ぐことになったんだって？」

「いや、まだ何も……」

「照れないでもいいよ。おじいちゃんから聞いたから」

「えっ!?」

昼間、蕎麦を食べに来て、そんな話をしていったのだという。

あのおしゃべりジジイめ、あることないこと話しやがって。

「奈々が勝手なことを言ってるだけで、おれは別に……」

「祐紀君が一人前になるまで、おれの髪残ってるかなぁ」

「だから違うって」

おれは慌てて否定したが、爺さんは人の話なんか聞いちゃいない。

だがそれは蕎麦八の爺さんだけではなかった。

「あら、あたしはお母さんから聞いたわよ。祐紀君は商売にむいてるって前々から思っていたのよね」

パン屋の奥さんは今日、うちで髪をカットした時に聞いたそうだ。

「いや、でも、おれはまだ……」

「はい、激励のカレーパン。おやつに食べて」

「えっと……ありがとう」

カレーパンがいい匂いだったので、つい受け取ってしまった。

「祐紀君にはうちの靴屋を継いでほしかったのになぁ。だがまあそういう事情なら仕方ないか」

蕎麦八の爺さんと将棋仲間のサクラ靴店の爺さんはもちろん知っていた。

そんな調子で、王子銀座商店街中に、おれの噂が広まっていたのである。

商店街の爺さん、婆さんの視線がむやみやたらとあたたかくて落ち着かない。

高坂ファミリー、おしゃべりすぎだ！

頼む、みんな、おれに期待しないでくれぇぇっ……！

翌朝、おれは教室につくなり机につっぷして、深々とため息をついた。

「そんなこんなで、高校を卒業したら、理容師になるための専門学校へ行くことにされちゃったんだよ。卒業したら、親父の知りあいがやってる理容室で修業しろって。おれ、中の中の男にふさわしく、ぬるぬると隙間をぬって、楽ちんな人生をおくる予定だったのに……」

小西への愚痴がとまらない。

「まじか。すごいことになったな」

「理容師ってさ、一日中立ちっぱなしだし、朝めっちゃ早いし、夜も閉店後に練習させられるし、先輩の言うことは絶対だし、見かけによらず体育会系なんだよ……。人の髪いじるのがめっちゃ好きじゃないと続かない仕事なんだ。だからおれ、なるべくスポットライトをあびないように気をつけながら、ひっそりと生きてきたのに……。妹の奴が勝手なことを……」

「スポットライトか。おまえは今、アイドルグループでいうとこのセンターなんだな」

「ああ、王子銀座商店街でスポットライトあびまくりのセンターだ」

ヤケクソ気味におれは言った。

まさかこのおれが、優秀な兄と派手な妹をおしのけて、センターに立つ日がこようとは。

居心地が悪すぎる。

「でも高坂ってさ、もともと自分のことを真ん中の男って言ってたよね？」

「ああ」

「ステージのど真ん中に立つべき運命だったんじゃないの？」

「そういう意味で真ん中って言ってたわけじゃ」

「狙えよ。直球ストレートど真ん中で空振り三振とってみせろよ。最高に気持ちいいぜ」

小西はおれの両肩に手を置くと、まっすぐ目を見て、大きくうなずいた。

さすがはマネージャー、人を励ますのに慣れていやがる。

「最高か……」

おれはふと、それも悪くないな、という気がしていたのだった。

五

奈々のモデル宣言から三日後の夕方。

今日の差し入れは焼きそばパンと冷やし焼き芋だ。

こう毎日立て続けにうまいものをもらえるなんて、やっぱりおれは王子銀座商店街のアイドルなんだな、と、実感する。

小西の言う通り、センターを狙ってみるのも悪くない気がしてきた。

どうせ店を継ぐのなら、やっぱりトップスタイリストをめざすべきだろうか。ＮＨＫの番組に密着取材されるような。

となると、店の全面リフォームもかかせないだろう。はたしていくらくらいかかるだろうか。

などと考えながら家に帰ると、またも事態は一転していた。

「やっぱりモデルはやめた」

奈々が急に言いだしたのである。

「あんなにやる気まんまんだったのに、どうしたんだ？」

尋ねたのは親父だが、家族全員が同じ気持ちだった。

なにせまだ三日しかたっていないのだ。

「読モやったことがばれて、職員室でさんざん説教くらった。謝礼なんてほんのちょっぴりだったのに」

奈々は渋い顔で答える。

考えてみれば、あれだけはっきりと雑誌に顔がでているのだ。ばれないはずがない。

「ああ、無許可のアルバイト扱いされたのか。そういえば沢崎(さわざき)も一年生の時、アルバイトの許可もらうのに苦労してたな」

史尋兄貴によると、飛鳥高校ではアルバイトは原則禁止なので、許可をとるのはなかなか大変なのだという。

「もういいや。なんだか面倒臭くなっちゃった。あたしやっぱり、うちの店を継ぐことにしたから」

あっさりと奈々は言った。

「え?」

おれは驚いて、目をまんまるに見開いたまま硬直する。

いやいやおまえ、なに勝手なこと言ってるんだ?

「そうか。まあ、それならそれでいいんじゃないか?」

親父はもともと三日前まで奈々に店を譲るつもりだったので、もちろん反対しない。

「奈々のことだからモデルなんて大変そうな仕事、長続きするはずないって思ってたわ」

お袋はむしろ当然のこととして受け入れている。

「よかったな、祐紀」

兄貴に笑顔で言われ、おれはいろいろ複雑な心境だった。

「あ……うん……」

なんだかなぁ。

まあ別に店を継ぐ気なんか全然なかったから、いいんだけど。

もこもこした薄灰色の雲がオレンジ色に染まる頃。

商店街を自転車でのんびりと走っていると、またも蕎麦八の前でよびとめられた。

「やっぱり奈々ちゃんが高坂理髪店を継ぐことになったんだって？　これは祐紀君がうちの店を継げるようにっていう、蕎麦の神様のおぼしめしだな！」

「へ？」

蕎麦の神様っているのか？と、おれがとまどっていると、蕎麦八のガラスの引き戸があく音がする。

「待て待て、靴の神様のおぼしめしだよ。祐紀君、ぜひうちの店を継いでくれ」

蕎麦八からでてきたのは、サクラ靴店の爺さんだ。たまたま夕食をとっていたらしい。

「ははは、考えとくよ」

おれは愛想良く笑うと、再び自転車で走りはじめる。

すっかり元通りってわけだ。

まあいいか。

やっぱりおれは、気楽に生きていくことにしよう。

中の中の男だしな。

おかえり、おれの人生設計。

その後。

「残念だわ。あたしは祐紀君にカットしてほしかったのに」

パン屋の奥さんの言葉が社交辞令なのはわかっていたが、おれはいつものように、愛想良く笑う。

「おれもおばさんのさらさらの髪、一度さわってみたかったよ！」

「んまっ、祐紀君ってば！　ちょっとこれ持って行きなさい」

奥さんが焼きたてのアップルパイを三個もくれたので、おれは奈々の目の前で全部ぺろりと平らげ、シュークリームの敵（かたき）をうってやったのであった。

# 第七話

# キツネ取材日記番外編　プロジェクトB

一

高校三年の二学期がはじまった。

沢崎(さわざき)は毎日、一時間目から放課後の特別補習まで、とても気持ちよさそうに熟睡している。

夏休み前から八月の終わりまで、ずっと行方不明だったのが嘘のような、いつもの光景だ。

ちなみに行方不明の間、実は京都の知り合いのお屋敷に泊めてもらって、ちゃっかり観光三昧(ざんまい)していたらしい。

さんざん心配させられた身としては、ひとこと言ってやりたいところだが、元気で帰ってきてくれただけでよしとしよう。

そんなある日の昼休み。

「そういえば今年の文化祭、新聞部は何をやるんだっけ?」

食堂で弁当を頬張(ほおば)りながら、沢崎が僕たちに尋ねた。

沢崎自身も、一応、新聞部の部員なのだが、ずっと音信不通だったので、浦島太郎状態なのである。

「部としては、壁新聞やアンケート結果の展示をするんだけど、白井(しらい)さんがね、文化祭は一、二年生中心でやるから、三年生は受験勉強に専念してくれって」

本当は高校生活最後の文化祭だし、僕としてはいろいろやってみたい企画もあったのだが、二年生の白井さんに押し切られてしまったのだ。

後でわかったのだが、どうも、妹の奈々(なな)が、僕を受験勉強に専念させてくれ、と、白井さんに頼みこんだようである。

奈々にも困ったものだ。

とはいえ、もし何か企画をだしたら、同じく受験生である江本(えもと)と岡島(おかじま)を巻き込む可能性もあるので、僕もひきさがらざるをえなかった。

「そっか、三年生はおれ以外、みんな受験生だもんな。じゃあ占いコーナーも二年生中心でやるの?」

「今年は占いはやらないそうだよ」

「ふーん、真面目(まじめ)な展示企画だけなのか。まあ新聞部って、本来そういうものなんだろうけど」

沢崎はなんだか残念そうだった。

これまでの文化祭では、そんなに熱心に占いコーナーに取り組んでいる印象ではなかったので、ちょっと意外である。

むしろ、手相占いの時は、生命線、感情線、頭脳線のどれがどれだか覚えるのすらあきらめて、よびこみ専門だったくらいだから、苦手なのかと思っていた。

ところで今回占いをやらないことに関して、沢崎の三倍くらい残念がったのは、岡島と江本の二人である。

「あーあ、おれ、最後の文化祭で手相占いやりたかったな。一日中女子の手を握り放題のパラダイス企画なのに」

「それを言うならおれだって、楽しみにしていた教育実習生が一人もこなくて、もう、人生どん底だよ。せめて手相占いくらいやりたかったなぁ」

二人は夏休みの間中この調子だった。とにかく女子の手が握りたいというわかりやすい理由である。

しかしまさか沢崎まで残念がるとは思わなかった。

「おれも今度こそ手相占いをちゃんと勉強したかったんだけど、やらないのか。残念だな」

僕は耳を疑った。

まさか沢崎の口から、ちゃんと勉強したかったというフレーズを聞く日がこようとは！

「沢崎が勉強をしたいだなんて、珍しいね。陰陽屋で何かあったの？」

「違うよ、委員長。おれにはわかるぜ。三井狙いだろう。あの小さな手をぎゅっと握りたいんだな！」

江本が茶化したら、沢崎は慌てて否定した。

「そんなんじゃないって！　おれは男子の手相専門でいいよ」

「隠すな隠すな」

江本はにやにやしながら、沢崎の肩を抱く。

「本当に占いをちゃんと勉強したいって思ったんだよ、京都で」

僕たちは思わず、顔を見合わせた。

京都で何があったのか知らないが、どうやら本気で手相占いの勉強をしたがっているようだ。

あの勉強が嫌いだと言ってはばからない沢崎が。

今日も一時間目から四時間目まで熟睡していた沢崎が。

音楽の授業中、立ったまま寝ていた沢崎が。

勉強を、しかも、ちょこっとではなく、ちゃんと勉強をしたいと言ったのだ。

これは京都で、よほどのことがあったに違いない。

ぜひ取材したかったのだが、たまたまパソコン部の浅田真哉がアニメ製作で大忙だという自慢話をはじめたせいで、沢崎に聞きそびれてしまった。

もっとも、浅田のおかげで、僕たちも文化祭に本気で参戦する決意が固まったのだが。

それにしても京都で何があったのだろう。

京都に一人で行って、いろいろ将来に不安や迷いが生じ、もし自分でも占いができればと思った、とか？

それとも、京都でお金に困って、手相占いで稼ごうとした、とかだろうか？

普通の高校生だったらそのあたりだが、何と言っても沢崎は化けギツネだ。何か特殊な事情があるのかもしれない。

これは気になる。

二

食堂から教室にもどると、沢崎は一瞬にして眠りにおちた。

いつもながら見事な早わざだ。

机につっぷして熟睡する沢崎を横目に、僕たち三人は緊急会合をおこなった。

「沢崎、けっこう本気っぽかったよね？」

僕が言うと、江本と岡島はうなずいた。

「まさか沢崎の口から、勉強したいっていう日本語を聞く日がくるとは思わなかったな。めっちゃびびったよ。天変地異の前ぶれかも」

江本が額の汗をぬぐうしぐさをする。

たしかにこれまでも、高校受験やハワイ修学旅行などのやむにやまれぬ事情で、いやいや勉強をしたことはあった。

いや、正確には、させられた、と、言うべきか。

だが今回は違う。

だれも「手相占いの勉強をしろ」なんて言っていないのだ。

「そうは言っても、あっという間に挫折する可能性もあるんじゃないか？　沢崎って、いつも最初は、おれ頑張るよって言うんだよ」

岡島が腕組みをして、冷静な意見を述べた。

残念ながら岡島の言う通りだ。

沢崎は、だめだと思った時は、陰陽屋の店長さんか僕を頼る傾向がある。もしくは逃げだすかだ。

「じゃあ岡島は反対なのか？　沢崎は京都がどうのこうのなんて苦しい言い訳をしてたけど、絶対に三井目当てだぜ？　三井が来るかどうかもわからないのに。おまえ沢崎のけなげな男心を踏みにじるのか!?」

恋愛スペシャリストを自称する江本らしい意見である。

沢崎が狸寝入り、いや、狐寝入りだったら、とびおきて、だから違うって、と、反論しそうだが、いつものようにすやすやと寝息をたてて熟睡中だ。

「反対？　いつおれがそんなことを言った。おれはいついかなる時でも、占いコーナーには大賛成だ。沢崎が勉強しようと、しなかろうとな！」

　岡島は胸を張った。

　これはこれで実に岡島らしい、すがすがしい意見である。

「だよな！　でも委員長は勉強が大変かな……。かなり難しいところ狙ってるんだろう？」

　江本が遠慮がちに、僕のほうを見た。

「いや、僕も沢崎が何を考えてるのかすごく興味があるし、手相占いには賛成だよ。そもそも僕たちはリハビリすればいいだけなんだから、たいした負担にはならないだろう。沢崎が挫折しないように、丁寧にサポートすればいいんじゃないかな」

「そうだよ！　万一、沢崎が、無念のリタイアになったとしても、おれたち三人でやればいいことだし」

　江本が嬉しそうに言うと、岡島も、うむ、と、うなずく。

「実はおれには秘策がないこともない」

　岡島がなにやらたくらんでいるらしき笑みをうかべる。

「ただ問題は、一、二年生たちだけど。特に白井が大反対するだろうな」

江本はぼやいて、自分の頭をガシガシかいた。

「説得するよ」

「えっ!?」

「そこまで二人が言うなら、今日の放課後、僕が白井さんを説得する」

僕は二人にうけあった。

三学期はほぼ授業がなくなるし、僕が沢崎を取材できるのも、実質、あと四ヶ月である。

残り少ない取材のチャンスを逃す手はない。

何が何でも後輩たちを説得してみせる。

「さすが委員長、頼んだぜ！　いや、おれたちも一緒に白井を説得するけど」

「うん、頼むよ」

たまたま三人とも予備校や塾がない日だったので、放課後、一緒に行くことになったのだが、もしあったとしても、二人のあの勢いだったらさぼっていたに違いない。

「ぶぶづけ……」

突然、沢崎が、むにゃむにゃつぶやいた。

「ぶぶづけ？」

江本が首をかしげる。

「たしか京都のお茶漬けのことじゃなかったかな」

僕が言うと、江本と岡島は爆笑した。

「さては京都で美味(うま)いものにありついている夢でも見てるな」

「わかりやすいな～」

今日も実に幸せそうな寝顔である。

三

午後のホームルームが終わった後、僕は昼休みからずっと熟睡していた沢崎をおこした。

「沢崎、文化祭のことで白井さんを説得してくる」

「えっ、本当に……!? ね、眠いけど、おれも一緒に……頑張って……」

沢崎は一緒に行こうとしてくれたのだろう。

すっかり寝癖がついてしまった頭をぶんぶん左右にふって、両手で自分の頬をぺちぺちたたいた。

「沢崎は補習があるだろう」

「あっ、そうか」

すっかり忘れていたらしい。

こんな調子で卒業できるのだろうか。

「本当に文化祭で占いコーナーをやっても大丈夫なの?」

心配になって尋ねると、沢崎は背筋をピンと伸ばして即答した。

「大丈夫、手相占いの勉強はちゃんとやるから!」

そういう意味で大丈夫かどうか尋ねたわけではないのだが。

「委員長、占いコーナーをやってもやらなくても、沢崎の卒業にはまったく関係ないと思うぜ」

沢崎のかわりに岡島が答えてくれた。隣で江本も大きくうなずく。

きょとんとしている沢崎に、あとで陰陽屋へ行くから、とだけ伝えて、僕たち三人は白井さんの教室へむかったのであった。

僕たちのただならぬ気配を察したのだろう。

白井さんは緊張気味だった。

「高坂先輩……に、江本先輩、岡島先輩、どうしたんですか？　三人そろって」

「文化祭のことで話があるんだけど、今から新聞部の一、二年生を集めることはできる？　全員じゃなくてもいい」

文化祭、と聞いた途端、白井さんの表情がかたくなる。

「急に言われても無理です」

「おーい、いたぞ」

岡島が隣の教室から、新聞部の部員を二人ひっぱってきた。

江本も違う教室から一人連れてくる。

「合計四人か。部員をみんな集めての正式な話は、また土曜の午後にでもやるとして、とりあえず君たちに伝えておく。僕たち三年生は、今年も手相占いをやることにしたから、新聞部でおさえている教室の隅を貸してほしい」

「いえ、その必要はありません。文化祭はあたしたち一、二年生にまかせて、三年生は受験勉強に専念してください」

予想通り、白井さんは断ってきた。

前回はあっさりひきさがった僕たちだが、今日は事情が違う。

「おれたちはもう占いをやるって決めたんだよ」

岡島が鼻息も荒く宣言すると、二年生たちはとまどった様子で顔を見合わせた。

「決めた？　先輩たち、受験勉強は大丈夫なんですか？」

「あ、おれ、受ければ必ず合格できる専門学校に行くことにしたから」

江本がそばかすのういた顔にニカッと笑みをうかべる。

「おれは手相占いに命かけてるから、受験はどうでもいい」

岡島は両手を腰にあて、堂々と言い切った。

これがはったりではなく本気であることは明らかだ。

白井以外の三人はかなり動揺している。

「お二人よりも高坂先輩ですよ！　先輩の第一志望は東大ですよね⁉」

奈々のおしゃべりめ。

だがここで引き下がる気はまったくない。

「受験勉強に影響のない程度でやるから大丈夫だよ」

「ないわけないじゃないですか！」

けんもほろろである。

「白井、おまえ、委員長の言うことが信用できないのか？」

岡島は腕組みをして、ずいっと白井に迫った。まさに重役クラスの貫禄である。

「信用してないわけじゃありませんけど」

「どうしても新聞部に占いコーナーをつくらせてくれないのなら、おれたち、廊下の隅でやるしかないね……」

江本は悲しげな口調で言うと、ため息までついてみせた。

押してだめならひいてみろ作戦だ。

「そうだな……」

僕が眼鏡（めがね）のフレームをおしあげながら伏し目がちに言うと、岡島は無言で頭を左右にふる。

「白井さん、部長たちがここまで言うんだから、隅っこくらい貸してもいいんじゃないのかな？」

僕たちの迷演技にまどわされた男子部員が、おずおずと言う。

「あ、あたしたち四人だけの一存で決めるわけには……」

「二年生が賛成してくれれば、一年生が反対するとは思えないけど、心配なら、土曜日にでも僕がみんなに話すから。頼むよ」

僕はなるべくやんわりと、だが、きっちりと反論の余地をつぶして、白井さんに迫る。

「……わかりました。くれぐれも無茶はしないでくださいね」

ついに白井さんが観念した瞬間だった。

四

二年生たちの説得が終わった時点で、僕たちはまあまあ疲れていた。

実は白井さんが沈黙している時間や、二年生たちが四人でぼそぼそ相談している時間がけっこう長かったので、なんだかんだで、一時間以上の死闘だったのである。

だが今日はまだ、ミッションが残っているのだ。

僕たち三人は、校門をでると、沢崎が待つ陰陽屋へとむかった。

西空にはオレンジがかった薄紅色の雲がひろがっている。

「やったな」

「ああ」

おたがいをねぎらう僕たちからは、自然に笑みがこぼれていた。

文化祭という明確な目標を得て、目の前の霧がはれたような気持ちだ。

せっかくだし、手相占いの他にも、何か僕だけでやれることはないだろうか。

「ところで遠藤はどうする？」

江本の問いに僕ははっとした。

そうだ、新聞部にはあと一人、三年生部員がいるのだ。

遠藤茉奈さんである。

いつも見事に気配を消しているので、存在を忘れがちだが、その情報収集力は抜群だ。

とはいえ手相占いには関係ない能力だし、参加してもらう必要はないだろう。

「遠藤さんは受験勉強があるから、占いどころじゃないと思うよ」

白井さんの二番煎じのようなことを言った瞬間。

「参加する」

突然、真後ろから聞こえたささやき声に、僕はぎょっとして振り向いた。

「遠藤さん!?　いつの間に!?」

いつから僕の後ろを歩いていたのだろう。

「さすが委員長のストーカーだな……」

「怖すぎだよ」

岡島と江本の声が聞こえないはずはないのに、遠藤さんは完全に無視した。

「ずっといた。あたしも手相占いに参加する。高校生活も実質あと四ヶ月しかないし」

「そ、そう。わかったよ。じゃあ受験のさまたげにならない程度に頼む」

まがりなりにも部員である遠藤さんにむかって、君は参加しないでくれとは言えない。

何より、あと四ヶ月しかないのだから、という気持ちが僕にはよくわかる。

「わかった」

遠藤さんはこくりとうなずくと、すすっと電柱のかげへと消えていった。きっと陰陽屋までついてくるのだろう。

まあ気にしても仕方ない。

「ところで、もう一人説得しないとならない人がいるんだけど」

僕が切りだすと、江本が首をかしげた。

「誰だっけ？」

「陰陽屋の店長さん。沢崎はきっといちから手相占いを勉強することになるだろうから、店長さんの協力をとりつけないと」

「それでわざわざ陰陽屋へ行くって言ったのか」

「沢崎に連絡するだけならメールでもいいんだけど、店長さんが相手だとそうはいかないからね」

「一難去ってまた一難か。これぞプロジェクトの醍醐味だな」

岡島は顎をつまんで、ニヤリと笑った。

実におっさん臭い。

「大丈夫だ、委員長。おれは今回のプロジェクトBには全力でいどむことに決めている。おれたちは何をやればいい？　遠慮無く言ってくれ」

「プロジェクトB？」

僕が尋ねると、岡島は待ってましたとばかりに親指をたててグッジョブのポーズをする。

「文化祭だからBだ！」

「ああ、なるほど」

「えっと、お、おれも、できることがあるなら言ってくれ」

いつも気のいい江本は、岡島の暑苦しさに若干ひきぎみだが、それでも協力を申しでてくれる。

「そうだな。作戦っていうほどじゃないんだけど……」

僕たちは陰陽屋への道すがら、店長さんへの対策を大急ぎでとりまとめたのであった。

五

僕たちが陰陽屋への階段をおりていると、沢崎がいつも以上の勢いで、入り口までとびだしてきた。

「何とか白井さんを説得したよ」

朗報に沢崎はぱっと顔を輝かせ、嬉しそうに尻尾（しっぽ）を振って、僕たちを店内に案内してくれる。

本人は高校三年にもなってかわいいと言われることに複雑らしいのだが、こういうところがかわいいと思われてしまう所以（ゆえん）なのだろう。

「なんだ、お客さんかと思ったら、君たちか」

店の奥からでてきた店長さんは、僕らを見た瞬間、迷惑そうな顔をする。

「まさか今年も、文化祭で占いをやりたいから教えろ、なんて言う気じゃないだろうな？」

「ばれてましたか」

僕は悪びれず答えた。

「まあ遅かれ早かれ来るだろうとは思っていたさ」

さすがは店長さん、お見通しだったようだ。

「だがキツネ君以外は全員、受験生じゃないのか？」

この点はさきほど白井さんからも問いただされたことなので、僕たちはすらすら答えることができた。

「おれは専門学校へ行くから、キリキリ勉強しないでも大丈夫です」

まずは江本が先陣をきる。

「新しい占いを覚えるほどの時間はありませんが、手相占いだったら、ちょっと復習すれば思いだせますから」

すかさず僕も江本に続く。

「あたしは裏方だけなので……」

遠藤さんは裏方をやることに自分で決めたようだ。

占いコーナーの裏方なんて、たいしてやることはなさそうだが、当日、教室の設営と撤収を手伝ってもらうくらいだろうか。

そして白井さんには決して言えなかった本音をぶちまけたのは岡島である。

「女子の手を握るためなら、たとえ浪人しようとも、我が人生に一片の悔いなし」

遠藤さんが不快に思わないかと僕は心配したが、少なくとも、表情にはまったくあらわれなかった。

岡島のキャラクターはとっくに把握済みで、今さらいちいち反応することもない、といったところだろうか。

「すごいぞ岡島、よく言った！」

「漢だな！」

江本と沢崎は拍手で岡島をたたえた。

「感心することか？」

店長さんだけはあきれ顔である。

「とにかく、君たちは、性懲りもなく、三年連続で手相占いをやるつもりなんだな。マンネリ感は否めないぞ」

痛いところをつかれた。

たしかにその通りなのだ。

「何か話題性が必要だというのは僕たちも感じていて、いろいろ考えてはいます」

「例えば？」

「女装とか、メイドとか、執事とか」

僕は思いつくままに、定番の企画をあげてみた。

「えっ、委員長が女装するの？　それは話題になりそうだな！」

いやいや、このメンバーで、女装が似合いそうな男子は君だけだよ、沢崎。

僕たちはあまりに似合わなすぎて、笑い話のネタにされるのが関の山だ。

「ありがちだな。去年の文化祭でも女装やコスプレは見かけたぞ」

店長さんにあっさり却下されてしまった。

まったくその通りなので、ぐうの音もでない。

「ではハンドマッサージはどうでしょう。最近うちの理髪店で母がハンドマッサージのサービスをはじめたんですが、けっこう評判いいんですよ」

「女装よりはましだが、それならむしろ手相占いをやめて、ハンドマッサージにしぼった方がいいんじゃないか？　女の子の手を握りたいという願望も満たされるぞ」

「卒業までに手相占いをマスターしておきたいというのは、沢崎をふくめ、僕たち全員の希望なんです」

「キツネ君が？」

店長さんはうろんな目つきで沢崎を見た。かなり怪しんでいる様子だ。

「う、うん」

沢崎は自信なさそうにうなずく。

「メガネ少年にだまされて、その気になってるだけじゃないか？」

ひどい言われようであるが、沢崎がまわりの意見に流されがちなのは事実である。

「違うよ。おれ、本当に自分で手相占いを覚えたいって思ってるんだ」

沢崎は一所懸命、話しはじめた。

もしかして、例の、京都で何があったのかを聞けるのだろうか。

僕はひそかに身構えたのだが。

「沢崎は京都でいろいろ……」

江本が京都の件についてふれようとすると、沢崎は慌てふためいた。

「それはいいから！」

照れくさい、というよりは、どうも店長さんには聞かれたくない話のようだ。

ますます気になる。

しばしの沈黙の後、店長さんはおもむろに口をひらいた。

「まあ、君たちがどうしてもというのなら、好きにするがいい。君たちの文化祭だ」

店長さんも沢崎の一念発起の理由が気になったのかもしれない。

それとも岡島の「うんと言ってくれるまで、おれはこの先毎日でも頼みにきてやるぜ！」といわんばかりの燃えたぎる眼差し(まなざ)に負けたのか。

「ではその路線で、早速、今年もおさらいからお願いします」

「どの路線だ……」

店長さんはブツブツ言いながらも、沢崎にあわせて手相占いの基礎講座をやってくれたのであった。

六

それから数日。

沢崎は予想通り、今年も手相占いをなかなかマスターできないでいた。

「沢崎、この下に向かってのびている線は？」

「えーと、頭脳線！」

「残念、生命線でした」

毎朝江本が、自分のてのひらをみせて手相クイズをだすのだが、正答率は半分以下である。

だが、去年までの沢崎なら、やっぱり自分には無理だから、教室の入り口でよびこみをやるよ、と、あっさり翻意するところだが、今年はまだあきらめずに頑張っている。

さすがに自分から言いだしただけのことはあるが、文化祭に間に合わせるのはきびしそうだ。

この上、ハンドマッサージまで習得するのは無理だろうから、沢崎は免除した方がいいかもしれないな、と、僕は考えはじめていた。

ところが、岡島は違っていたのである。

「じゃーん」

岡島がとりだしたのは、十二色の油性ペンだった。

なんと岡島は、沢崎の左手に、ハンドマッサージのツボを書き入れていったのである。

「疲れ目のツボは沢崎の目にあわせて茶色にしといてやったぜ。女子から一番需要が多そうな肩こりのツボは、最重要だから赤だな」

なんだかノリノリである。

いつもはクールなつっこみ役の岡島だが、とにかく今回はやる気全開で、わざわざうちの理容室に母の半日講習をうけに来たくらいだ。

「岡島、僕にもペンを貸してくれ」

僕は沢崎の右手に、手相のポイントを書いていった。

「生命線は血液の色の赤がいいかな。結婚線はピンクで、金運線が黄色。頭脳線は脳の色のクリーム色……はないか。オレンジにしよう」

色だけだと忘れてしまうかもしれないから、念のため、生命線、結婚線などの名称も書き込んでいく。

このてのひらの書き込みはもちろん、毎日見て覚えるためなのだが、いざとなったら、当日、これを見ながら占いやマッサージもできるという、岡島の画期的なアイデアだった。

　さすがプロジェクトBに全力でいどむと宣言しただけのことはある。

「でもなるべく覚えるように頑張るよ。手相占いはおれも勉強したかったし」

　沢崎もけなげな決意表明をした。

「よし、おれもプロジェクトBを成功させるため、ハンドマッサージをマスターするぜ！」

　とうとう江本にまで熱血が伝染したようだ。

「プロジェクトBって何だ？」

「沢崎は手相とハンドマッサージのことだけ考えていろ」

「お、おう。わかった」

　江本に髪をぐしゃぐしゃにされて、沢崎はうなずいた。

　こうなると、僕もプロジェクトBに全力投球したくなってしまうではないか。

　その日の放課後、僕は遠藤さんに尋ねた。

「パソコン部って今どんな感じなのか探ってもらえるかな？　特に浅田を」

「探る必要はないわ。SNSで毎日、忙しい自慢を垂れ流しているから」

「さすがだね」

ひょっとして校内の全生徒のアカウントを把握しているのだろうか。

「ちなみに浅田が嘘をついている可能性はあるのかな？」

「浅田は多少大げさに吹聴してはいるけど、まるっきりの嘘ってこともない。アニメ製作が予定よりかなり遅れていて、部員全員が多忙を極めているのは本当だから」

「ありがとう。すごく参考になったよ」

僕が感謝の言葉を述べると、遠藤さんはちょっと照れたような顔をした。

「それで、パソコン部についての記事を書くの？　それともアニメ？　はっきりさせておいてくれた方が情報収集しやすいんだけど。書くつもりだよね？　目を見ればわかる。ストーカーをなめないで」

「え…………」

こういう場合、僕はどう反応したらいいのだろう。

「みんなを巻き込むつもりはないよ」

「今さら何を言ってるの。三人ともすっかりやる気じゃない。プロジェクトBだっけ？」

「でも遠藤さんは……」

「あたしは裏方の仕事をするって、最初から言ってる」

　遠藤さんは陰陽屋で「あたしは裏方だけなので」と言ってたけど、最初から情報収集をするつもりだったのか。

「さらに言えば、情報収集は日課だから、頼まれなくても勝手にやるつもり。巻き込みとか関係ない」

　さすがは自他ともに認めるストーカーである。

「わかった。アニメについて書くつもりだけど、もう少し取材をすすめないと、どういう方向性になるかはまだわからない。そもそも文化祭までにアニメが完成しない可能性もあるし」

「その時は粛々と、失敗の原因を掘り下げる記事を書けばいいと思う」

　遠藤さんはニタリと笑った。

「そ、そうだね。じゃあ頼んだよ」

　僕が言い終わらないうちに、遠藤さんは姿を消していた。

きっと前世は、凄腕(すごうで)のお庭番だったに違いない。

## 七

かくして僕たちはそれぞれの動機と目標のもと、プロジェクトBに全力をつくした。

沢崎は手相占いに、岡島と江本はハンドマッサージに、遠藤は情報収集に。

白井さんが壁新聞の最終原稿を僕の教室に持って来たのは、文化祭の三日前だ。

「最終原稿です。ギリギリですみませんが、明日には清書に入りたいので、今夜中にチェックしてもらえますか?」

壁新聞サイズの大きな紙を出力できるプリンターがないので、昔ながらの模造紙に太字のペンで手書きするしかなく、どうしても二日はかかるのである。

「わかった。気になるところがあったら修正してもいいのかな?」

僕はぱらぱらと斜め読みしながら尋ねた。

「もちろんです」

よろしくお願いします、と、白井さんは答えるが、何とかこれで通してください、と、顔に書いてある。

　今年の壁新聞は、「文化祭と文化部」がテーマだ。
　一、二年生たちが分担して、美術部、陶芸部、演劇部、茶道部、花道部など、各文化部の展示や企画についてインタビューつきの紹介をおこなっている。
　文字だけだと紙面が単調になってしまうので、Ａ４サイズで出力したカラー写真をそえることになっているのだが、これは校内新聞ではできない、壁新聞ならではの醍醐味だ。

　今用意されている写真の中では、ジュリエットの衣装をつけたヒロインの演劇部と、華やかな油彩画の美術部がひときわ目をひく。

「これは……」

　パソコン部の写真で僕の手がとまった。

　生徒たちがパソコン室でなにやら作業をおこなっている風景写真だ。よくよく見ると、アニメの着彩作業や音声編集をおこなっているとわかるが、ぱっと見ただけでは授業風景とあまりかわらない。

　せめてキャラクターデザインのイラストくらい手に入らなかったのだろうか。

「パソコン部の画像はこれだけなの？」

「地味ですよね……。パソコン部にカラーイラストをだせないかきいてみたんですけど、くれたのが、アニメのポスターそのままだったんです。今はこれしかないって。監督インタビューも断られたって、担当した一年生が困ってました。今日、もう一度パソコン部に頼んでみます」

僕が三年二組の教室内を見回すと、アニメの関係者は全員熟睡中だった。去年までと違い、新聞部へ嫌がらせをする余裕などなさそうである。

「これはこれで鬼気迫るものはあるけど……」

「すみません」

「いや、事情はわかった。じゃあ原稿は預からせてもらうね」

白井さんはほっとしたような顔で、自分の教室にもどっていった。


夕食後、僕は自分の部屋で、最終原稿とパソコンを前に考え込んだ。

記事を書き慣れていない一年生が担当した箇所も、それなりに読める形に仕上げられている。おそらく二年生が何度も書き直させたのだろう。

初歩的なてにをはの間違いや、冗長な表現は見当たらない。

しかしパソコン部と漫画アニメ研究会に関しては、「合同でオリジナルのアニメーションを製作し、文化祭で上映予定。」の一行だけである。

「これは文化祭のパンフレットそのままだな」

僕はため息をついた。

このページを担当した一年生にやる気がないわけではない。その証拠に、茶道部のページはきちんと取材しているし、浴衣姿でお点前をする女子の写真つきインタビューももらっている。

アニメチームがあまりにも非協力的なのだ。

とはいえ。

自分のパソコンの画面を見て、僕はめまいがした。

遠藤さんが張りきって情報収集をしてくれた結果、おそろしい量のデータがおくられてきたのだ。

これは壁新聞の最終原稿よりもはるかに手強そうだが、とにかく目を通すしかない。

それから分析して、今夜じゅうに記事にまとめねばならないのである。

長丁場になりそうだし、まずはコーヒーをいれてくるか、と思った時、携帯電話にメールが届いた。

陰陽屋の店長さんからだ。

「メガネ少年、手相講座の貸しを返してもらおう。文化祭のアニメ上映に人が入るような記事を書け」

……どういうことだ？

僕はおりかえし、店長さんに電話をかけた。

「高坂です。今のメール、どういう意味でしょうか？　見てもいないアニメを絶賛する記事なんて書けません」

「別にほめろなんて言ってないだろう。アニメの上映会場に観客が入るように、新聞の紙面をさけと言ってるんだ」

「酷評でもいいんですか？」

「好きにしろ」

それだけ言うと、店長さんは通話を終了してしまった。

どうも周囲の音からして上海亭（シャンハイてい）にいたようだから、ラーメンがのびないよう、速攻できられた気がする。

ということは、もう一度かけても、でてくれないだろう。

手相占い講座の見返りを何か要求されるだろうとは予想していたが、なぜアニメなんだ？

アニメチームの誰かが、店長さんに頼み込んだのだろうか。

それくらいなら、最初から新聞部の取材に応じてくれればいいのに、謎である。

ひょっとしたら、保護者が常連客であることが判明したのかもしれない。

理由はさておき、見ていないどころか、完成してもいないアニメをどう記事にすれば観客をよべるのだろうか。

まあいい、今度こそコーヒーをいれよう。

と思ったら、今度は沢崎から電話だった。

「どうしよう、委員長！　おれ、文化祭までに覚えきれない気がしてきた！」

まだ三日あるのに、早くも緊張しているようだ。

だがここで、厳しいことを言ったら逃げだしかねないので、なんとかなだめるしかない。

「大丈夫。覚えきれなかったら、てのひらを見ればいいから」

「さっき見たら、だいぶ薄くなってたんだ……」

「消えたらもう一度書くから、油性ペンを持って来てくれって岡島に頼むといい」

「わかった、ありがとう！」

どうやら安心してくれたようだ。

だが考えようによっては、あの沢崎があきらめずに頑張ろうとしているだけでも、たいしたものである。

きっと今頃、岡島も、江本も、遠藤さんもプロジェクトBに全力でとりくんでいるはずだ。

「よし、やるか」

僕も腹を据（す）えて、膨大なデータにたちむかうことにした。

## 八

そしてむかえた文化祭当日。

岡島はパワーみなぎるハンドマッサージが男子たちに大評判だったし、江本は明るいトークが老若男女に好評だった。

沢崎はマッサージも占いも遠慮がちだが、丁寧で、ちょっとたどたどしいところがまたかわいらしいと、特にお母さんたちに好評だったようだ。

僕のプロジェクトBは、いろいろ考えた末、浅田たちのアニメ製作がはたして文化祭まで間に合うのか注目せよ、という記事にした。

遠藤さんが集めてくれたデータの整理は大変だったが、ハンドマッサージの練習をかねて浅田以外の製作スタッフからも直接生の声を取材できたし、久しぶりに気合いの入った記事を書けたと思う。

僕が最終原稿を戻した時、白井さんはしばし絶句した。

「……たしかに修正するとは聞いていましたが、まさかパソコン部がこんなにきっちりした記事になるなんて……」

「量を増やして悪かったかな。清書は僕が自分でするよ」

「いえ、素晴らしい原稿です。さすが部長。ありがとうございました」

白井さんはぎゅっと原稿を抱きしめると、頬を紅潮させて、教室にもどっていったのだった。

その後の二日間で、僕はアニメが成功した場合と失敗した場合の、二通りの記事原稿を用意しておいたのだが、幸い大成功だったので、気持ちのいい号外を発行することができた。

だがすべては今日一日でおしまいだ。

僕が壁新聞をはがしていると、二年生たちがかけよってきた。

「高坂先輩のアニメの壁新聞、もらっていいですか⁉」

「かまわないけど、とっておいても仕方ないよ」

「そんなことありません！」

白井さんが目をきらきらさせながら断言する。

「どうかなぁ」

僕は笑いながら、後輩たちに壁新聞を託すことにした。

あっという間に忘れ去られるとしても、今日だけは、その心意気をありがたく受けとめておくことにしよう。

「後かたづけは僕たちがやりますから、後夜祭に行ってください」

「ありがとう。でも、撤収完了の確認をしないと」

「そんなことより後夜祭の取材ですよ！」

どうせもう僕に記事を書かせてくれる気なんかないくせに、よくできた後輩たちである。

「あっ、沢崎先輩を忘れないでくださいね」

「え？」

ふと見ると、沢崎が教室の隅で気持ちよさそうに熟睡していた。

「せいめいせんはあか……」

夢の中でまだ占っているらしい。

そういえば、沢崎に、京都で何があって、手相占いを勉強したいと思うようになったのか、まだきいていなかったな。

「おきろ、沢崎、文化祭はもう終わったぞ」

明日からはまたキツネ取材日記に戻ることにしよう。

# 第八話

# ナンバーワンホストの黒いハロウィン

一

六本木にあるホストクラブ、ドルチェの内装を滅茶苦茶にしたハクビシン騒動から一週間。

フロアマネージャーの雅人はまだ風邪で寝こんでいるが、長らく行方不明だったバーテンダーの葛城が復帰し、クラブドルチェはようやくもとの落ち着きを取り戻しつつあった。

ナンバーワンホストの燐をのぞいて。

「雅人も頑張ってたけど、やっぱり葛城さんのマティーニは別格ね」

燐の隣に腰をおろしている常連客の玲子は、満足げにうなずいた。とても色っぽい声の持ち主で、年齢は五十歳くらいだろうか。年齢も職業も尋ねないのがクラブドルチェの掟だが、毎月、燐に何百万も使ってくれる女神さまである。

「そう？　よかった」

燐は玲子に笑顔をむけた。

もともと甘いマスクの燐が、ナンバーワンホストの象徴である白いスーツに身をつつむと、まるで王子さまである。

「どうしたの？　今夜はなんだか笑顔が違うんじゃない？　いつもの笑顔がキラッキラだとしたら、今夜はキランくらいなんだけど」

「やっぱり玲子さんの目はすごいな」

「もしかして売り上げがナンバーツーに抜かれそうなの？　とてもそうは見えないけど」

今夜も燐目当ての女性客がたくさん来店しているのを、さりげなく玲子はチェックしているようだ。

「そんな事態だったら、むしろ笑顔にも気合いが入るんだけど……」

燐はあやうくため息をつきそうになって、はっとした。

演技でため息をつくのはかまわないが、素のため息をお客さまの前でついたりしたら、雅人から大目玉をくらってしまう。

「どうやったら僕のお姫さまに大喜びしてもらえる、素敵なハロウィンにできるかな？」

燐は今度こそキラッキラの笑顔で、玲子の瞳を正面からのぞきこんだ。その距離わずか七センチ。

さすがに玲子も照れて、頰がぽうっと赤みをおびる。

「こ、今度のハロウィンパーティーのことで悩んでるの？」

「うん。ほら、今年は夏から秋にかけて、お姫さまたちにいっぱい迷惑をかけちゃったただろう？　葛城が長期のお休みをとったり、停電したり、隣のビルはボヤをおこすし、あげくのはてにハクビシンだよ」

さりげなく省略したが、実は燐を巡って女性客たちが殴り合いの大げんかをするという事件もあった。

「ハクビシンすごかったみたいね。ＳＮＳに動画があがってるのを見たわ」

「すごかったっていうか、ひどかったっていうか……」

「あたしも見物に来ればよかった。最後にショウが陰陽師の格好でお祓いしたんでしょう」

「ショウさんに会いたかったの？　ちょっと妬けるな」

燐は左手で長い前髪をはねあげる。

「あら、ヤキモチやいてくれるんだ。リップサービスだってわかってても嬉しいわ。でもそれがハロウィンとどうつながるの？」

「お客さまにいろいろご迷惑をおかけしたお詫びに、今年のハロウィンパーティーは趣向を凝らして盛り上げたいんだけど、なかなかいいアイデアを思いつかなくて。気分はデートコースに悩む高校生だよ」

嘘はついていない。

事情を若干はしょっただけで。

「あら、素敵じゃない。そうねぇ、それこそショウがいたら占いで盛り上げてくれたと思うんだけど」

「やっぱりショウさんか……」

「妬いちゃう？」

「うん。だからそれは無理」

前髪をさらっとはねあげて、燐は甘い微笑みをうかべた。

二

閉店後。

お客さんたちを送りだすと、燐は憂鬱な顔でロッカーに戻った。

「私もお客さまに聞いてみましたが、やっぱりショウさんの占いを希望する声は多いですね」

執事系ホストの朔夜が仕事用の眼鏡をはずしながら言う。

「でもショウさんが来ると、もれなくお母さんがセットだからね……」

「ピンドン事件のお母さんか……」

ホストたちは皆、一斉に渋い顔になる。

お客さんたちにとってショウが伝説のホストであるように、ホストたちにとってはショウの母親が伝説の存在なのだ。ただし恐怖の伝説だが……。

「やっぱりショウさんは無理だな」

「とはいえこのまま何もアイデアをださないでいると、雅人さんにどやされちゃうね。

燐さんが」

「ぐっ」

綺羅の一言に、燐の心臓は縮みあがった。

そうなのだ。

玲子には、あたかも燐自身がハロウィンパーティーを盛り上げたがっているかのごとく話した。

もちろん燐にも、お客さんに喜んでもらいたい気持ちはある。

だから嘘はついていない。

ただ、話していない、真の事情がある。

あれは三日前のことだった。

泣く子も黙るフロアマネージャーにして元ナンバーワンホストの雅人が、風邪でゼイゼイいいながら、燐の携帯電話に、ハロウィンパーティーの企画を考えるように指示してきたのである。

「燐、おまえも白いホスト服を着るようになってもう三年以上だ。いつまでもショウに頼るな。むしろショウをこえてやるくらいの意気込みで、ハロウィンパーティーを仕切ってみせろ」

あとはゲホゴホ、ゼイゼイにかき消されて日本語になっていなかった。

思えば雅人がここまで風邪をこじらせたのも、ハクビシン騒動の時、高熱をおしてドルチェまででてきたからだ。

おのれハクビシンめ。

それはともかく、雅人の言葉は絶対である。

何とかアイデアをださねばと、この三日間、必死で考え続けてきたが、何一つ思い浮かばない。

このままでは綺羅の言葉通り、雅人にどやされることになってしまう。

「じゃ、おれ、アフターの焼き肉あるんで！　燐さん頑張ってください！」

私服のTシャツに着替えた武斗（たけと）は、足取りも軽く、ロッカールームからでていった。

「あ、僕もアフターのカラオケがあるんだった。じゃあお先です。燐さん頑張ってね」

綺羅は小悪魔のような笑顔ででていく。

「あいつ、小悪魔系じゃなくて本当の悪魔だな」

燐は舌打ちをする。

「燐さんは今日はアフターは？」

朔夜はアフターがないらしく、私用のぶあついレンズ入り眼鏡にかえている。

「どうも気が乗らなくて、明日の同伴にしてもらった」

「じゃあ一緒にヨガで瞑想しませんか？　何かいいアイデアがうかぶかもしれません」

「む」

ヨガにはかけらも興味がわかないが、アイデアは熱望していたので、朔夜と一緒に行ってみることにした。

だが慣れている朔夜と違い、燐にとってヨガはなかなかハードだった。

「はーい、まずあぐらをかくみたいに右足を左ももにのせて、左足は右ももにのせますよ。そして膝は床につけてくださいね。背筋まっすぐ。あと三十秒頑張ってみましょうか～」

インストラクターはいとも簡単そうに言うが、ものすごく痛い。身体のあちこちからボキボキッと変な音がする。

これではとても瞑想どころではない。

もちろん何のアイデアもうかばなかったのであった。

## 三

翌日のけだるい昼さがり、燐は筋肉痛とともに目覚めた。

足をひきずるようにして、お客さんとの待ち合わせのレストランに行く。今日は一緒に食事をとってから、同伴出勤の予定なのだ。

「ヨガ？　燐が？」

パスタをからめたフォークを持ったまま、美貴は顔をあげた。美貴は三十歳くらいの色白美人で、玲子につぐ女神さまである。

「そうなんだよ。朔夜に誘われて一緒に行ったんだけど、すごくハードでびっくりした」

「朔夜ってあんまり話したことないけど、ちょっとかわった雰囲気あるよね」

クラブドルチェでは、お客さまがいろんなホストと話せるのは初めて来店した時だけだ。

二回目に来店した時に指名したホストは、以後もずっと変更できないようになっている。

そうしないと、ホスト同士で、お客さんをとった、とられたの大騒ぎになってしまう。

ただしショウの占いだけは別枠だった。

多くの常連客から、ぜひショウに占ってもらいたいという要望が店に寄せられたため、オーナーが特別に許可したのである。

「でもヨガで良かった。昨日、アフターは無理だから同伴にしてくれって燐に言われたじゃない？　だからハロウィンパーティーのアイデアがうかばないで、すっかりブルーになってるんじゃないかって、玲子さんたちと心配してたんだよ」

「えっ!?」

燐は炭酸(ガス)入りの水をふきだしかけた。

「美貴さん、玲子さんと知り合いなの？」

「三年前のドルチェのクリスマスパーティーで、連絡先を交換したの。玲子さんだけじゃなくて、寿子(ひさこ)さんやカオリちゃんもね」

「知らなかった……」

「あたしたち、基本的には燐の一番のお姫さまを争うライバルだけど、燐の誕生日のシャンパンタワーやお花の準備は、協力することにしてるんだ。綺羅や朔夜の誕生日に負けたら、ナンバーワンホストの面子（メンツ）にかかわるしね」

「そうだったのか……」

「今度のハロウィンパーティーも、アイデアがでないで困ってるんだったら、あたしたちを頼ってほしいの。あたしたち、お店では仕事の話はしないけど、イベント企画の会社につとめてる人もいるから」

「ありがとう。お姫さまたちに心配かけてごめんね。ショウさんの占いみたいに、僕にも何か特技があるとよかったんだけど……」

「燐にはとびっきりの笑顔があるじゃない。歌もうまいし、アフターや同伴も、恋人になりきってデートしてくれるし。ショウなんか、そもそも、アフターも同伴も全部お断りだったじゃない？　占いができなかったら即クビだったよね」

「そうかもしれないな」

二人はプッとふきだした。

# 四

数日後。

ようやく出勤してきた雅人に、燐は意気揚々とハロウィンの企画書をだした。A4サイズで十ページ以上ある大作である。

「プランA、B、Cと三つ考えました」

「ほう、頑張ったな」

椅子に腰かけた雅人は、長い脚をゆったり組み、企画書を受け取った。

雅人の前に直立不動で立つ燐は、自信満々で前髪をかきあげる。

だが雅人は、最初のタイトルページをめくって本文にはいった途端、眉間にしわをよせた。

いきなり企画書を燐にたたきつける。

「なんだこの完璧なプレゼン資料は！　誰に作ってもらった⁉」

よく通る雅人の怒声に、開店準備をしている男たちは全員、振り返った。

「やっぱりわかりますか……」

「フルカラーだしイメージイラストやチャートまではいってる。こんなきっちりした企画書、おまえに作れるわけがない。もちろんドルチェの誰にもな！」

素人っぽく適当に手を抜いておいたから、と、玲子は言っていたが、やはり一目瞭然だったようだ。

こうなったら開き直るしかない。

「実は、玲子さんたちに、一緒に考えてもらいました」

「おまえ、お客さまに資料を作ってもらったのか。あきれたな」

あきれたな、と、言いつつ、雅人の顔はかなり怒っている。

「僕のことをずっと支え続けてくれるお姫さまたちがいる。それがショウさんにはない、僕の最大の強みだと思っています」

燐は青ざめた顔に無理矢理甘い微笑みをうかべ、左手で前髪をはねあげてみせた。

ただし足がガクガク震えていたので、決めポーズとしてはイマイチだったかもしれない。

「雅人さん、燐さんのお客さまたちは、ここのところずっと、この企画のことで盛り上がって、楽しんでおられるようでしたよ」

雅人にとりなしてくれたのは、バーテンダーの葛城である。

「みなさまけっこうノリノリでした」

朔夜が言うと、他のホストたちもみな、こくこくとうなずいた。

「まあいい。とりあえず企画内容を聞こうか。プランAは？」

「水着ｄｅハロウィンです」

「水着？　ドルチェには着替える場所なんかないぞ」

雅人があきれ顔で言った。

ホストたちは興味しんしんといった様子である。

「由利さんのお友だちがホテルにつとめているから、夜景がきれいな温水プールを安く借りられるそうです。もちろん水着になりたくないお客さまもいるだろうから、プールサイドから見物するだけでも良しってことで」

「どこがハロウィンなんだ」

「プールにカボチャを浮かべるとか……」

苦しいこじつけである。

「クラブドルチェらしさはどこにあるんだ」

「プールサイドにバーカウンターを開設するとか……」

どんどん雅人の顔が険しくなってくる。

他のホストやスタッフたちも苦笑いだ。

「もういい。プランBは？」

「黒猫カフェです。お客さまたちには黒い猫耳をつけていただき、黒猫を愛でていただきます。これはドルチェでもできます」

「黒猫はどうやって用意するんだ？」

「猫カフェから本物の黒猫を借りたかったのですが、猫毛アレルギーのお客さまもいらっしゃるので、ホストたちが黒い着ぐるみにはいります」

「プランC」

「サイコロトークショーです。たまには僕以外の話を聞くのも新鮮かもしれない、と、美貴さんが考えてくれました。というわけで、ホストが順にサイコロをころがして、でたテーマについて語ります。もちろんハロウィンっていうテーマも入れて……あと、魔女やカボチャを入れてもいいと思います」

もはや雅人はツッコミも入れてくれない。

「他には？」

「以上、です……」

燐は追い込まれて、つい、小声になってしまう。

雅人は左手の人差し指をこめかみにあて、これみよがしに大きなため息をついた。

「本当にこれをお客さまが希望しておられるのか？　信じられんな」

「ほ、本当です……」

「武斗（たけと）、どう思う？」

燐が説明兼言い訳をしようとしたが、雅人は無視して、武斗に尋ねた。

「えっ、自分ですか!?　えー、自分は筋肉に自信あるんで、温水プールですね。なんなら水着でトークショーをやってもいいです」

「私は水着になるくらいなら着ぐるみの方が……」

聞かれてもいないのに、朔夜が言う。

「僕は着ぐるみよりも猫耳がいいな。きっと似合うよ」

綺羅のこの言葉には、自分で言うか、と、一斉につっこみが入った。

「あの、ここまできたら、お客さまたちに投票してもらってはどうでしょう？　もちろん僕のお姫さまだけじゃなく、すべてのお客さまに」

燐が甘い笑顔で提案するが、残念ながら声が上ずっている。

「それも玲子さんの入れ知恵か？」

「違います」

燐が堂々と言い切ると、雅人はわずかに目を見開いた。

「おまえの考えか？」

「……カオリさんです」

「………………。まあいい。期間は今日から一週間。来店したお客さま全員に投票していただけ。ただし一人一日一票だ」

「ありがとうございます……！」

今度こそ燐は、心からの安堵の笑みをうかべたのであった。

五

一ヶ月後。

クラブドルチェはハロウィンとクリスマスの間の、つかのまの平穏を取り戻していた。

「今年のハロウィンはいつもと違う感じだったけど、あれはあれですっごく楽しかったって大好評だったよ。これもお姫さまたちのおかげだね」

燐が甘い笑顔で言うと、右隣に腰をおろしている玲子も、艶然と微笑む。

「そう言ってもらえると、協力した甲斐があるわ。燐の腹筋もおがめたし」

お客さんたちに投票してもらった結果、水着deプールが一位を獲得し、武斗を大喜びさせたのだった。

「あたしの企画も採用されて嬉しい」

燐の左隣にいる美貴も満足げだ。

僅差で二位だったサイコロトークショーは、クリスマスの企画に盛り込まれることになったのである。

さすがに十月中は準備が間に合わず、十一月の頭に開催されたハロウィンパーティーは大盛況だった。

燐も大急ぎでジムに通い、筋肉をつけた甲斐があり、なかなかの水着姿を披露(ひろう)することができたのだ。

綺羅は筋トレなんかまっぴらごめんだと言い切り、頭に猫耳、首に黒の蝶ネクタイ、水着に長い黒尻尾(しっぽ)というあざとい格好で乗り切った。

朔夜が一人、プールサイドで、黒猫の着ぐるみにはいっていたのはご愛敬である。

「でも生バンドまでよんじゃって、すごく派手なパーティーになったから、赤字だったんじゃないの？」

心配そうに由利が言う。

「いいんだよ、今年のハロウィンは、お姫さまたちへのお詫びと感謝が一番の目的だったんだから」

「燐は優しいから、そう言ってくれるけど……」

由利の顔はなかなか晴れない。

「大丈夫よ、由利さん。たしかにあのパーティーだけだと収支は赤字だったかもしれないけど、投票のあった週にはあたしたちが清き一票のために毎晩通ったから、トータルでは黒字になってると見たわ。そのへん雅人はぬかりがないわね」

「だから一人一日一票だったのか……」

　玲子の解説で、今さらながら、燐は雅人が投票制にした理由を知ったのである。

「王子さまはそんなこまかいことは気にしないでいいの。それよりドンペリ追加するから、コールしてくれる？」

「もちろん」

　燐はここぞとばかりに、長い前髪をはねあげ、キラッキラの笑顔で答えたのであった。

# 第九話

# 真冬の狐火

一

十一月も終わりに近い頃。

クラブドルチェのバーテンダーである葛城(かつらぎ)は、最近、定休日を心待ちにするようになっていた。

兄の忘れ形見であることがわかった瞬太(しゅんた)と、携帯電話の番号を交換したのだが、仕事がある日は深夜まで、場合によっては夜明け近くまでバーカウンターに立つので、定休日でないとゆっくり話ができないのである。

「そろそろ大丈夫でしょうか」

葛城はきちんと正座すると、時計を確認し、さらに携帯電話がフル充電されていることを確認してから、おもむろに発信ボタンを押す。

瞬太の方も、そろそろ葛城が電話をかけてくる時間だとわかっているのだろう。いつもコール音が一、二回なったところで、元気な声がする。

「もしもし、葛城さん⁉」

「こんばんは、瞬太さん。特に用はないのですが、充電を怠(おこた)っていないということをお伝えしたくて電話しました」

　葛城の最初の一言はいつも同じである。

「こちらは、もうすぐクリスマスということで、雅人(まさと)さんとホストのみなさんがパーティーの企画をたてておられます」

　雅人は、クラブドルチェの元ナンバーワンホストで、祥明(しょうめい)にナンバーワンの座を奪われて一度は引退したのだが、現在はフロアマネージャーとして戻ってきている。

「瞬太さんはいかがお過ごしですか？」

　ひとしきりドルチェのクリスマスの話をした後、葛城は瞬太の近況を尋ねた。

「おれは大晦日(おおみそか)の狐の行列のことで忙しいかな」

　瞬太の答えに、葛城はとまどう。

「狐の行列？　何ですか？」

「ええと、大晦日の夜に、狐のお面をかぶった人や、狐メイクをした人たちが行列するんだ」

「ハロウィンのパレードのようなものですか？」

「そういうんじゃなくて、もっと和風なんだよ。もともと、江戸時代の人たちが大晦日の夜に……」

瞬太はかなりたどたどしかったが、五分以上かけて、一所懸命、狐の行列の由来と現在の盛況ぶりを説明してくれた。

これがクラブドルチェのホストの綺羅(きら)あたりだったら、詳しく知りたかったらネットで検索してよ、で終わらせてしまうところだ。

瞬太の誠実さは兄の燐太郎(りんたろう)から、無器用さは母の呉羽(くれは)から受け継いだものだろうか。

そう思うと、つい、胸が熱くなる。

「よくわかりました。ありがとうございます、瞬太さん。とても楽しそうな行列ですね」

「そう？　よかった」

嬉しそうに瞬太は言う。

いつもの屈託のない笑顔が、目にうかぶようだ。

「それでは今夜はこのへんで。どうぞ暖かくしてお眠りください」

「おやすみ！」

いつも三分程度で終わる通話が、今日はつい楽しくて、五分以上話してしまった。

二

瞬太と携帯電話で話すようになってから、亡くなった兄、燐太郎のことをよく思い出す。

燐太郎は、代々、月村颯子（つきむらさつこ）をお守りする葛城家の末裔（まつえい）にふさわしく、幼い頃より妖力にあふれ、強く、賢く、生真面目（きまじめ）で誠実な人だった。

その反面、堅苦しくて、少しとっつきにくいところもあったかもしれない。

常に任務優先で、友人たちと大騒ぎしたり、羽目をはずしたりしたところも、見たことがなかったように思う。

今にして思えば、あの自由奔放な颯子について行くだけで、大変な気苦労があったのだろう。

そんな任務一筋の燐太郎が、ある夏の夜、満天の星の下で突然言った。

「小志郎（こしろう）、知ってるか？　狐火は冬の季語なんだぞ」

「冬の季語？　狐火は一年中だせるのに、妙な話ですね」

　葛城はてのひらに狐火をともしてみせる。

「まったくだな」

　燐太郎も狐火をともすと、愉快そうに笑った。燐太郎の狐火は、青白くこうこうと輝き、葛城は思わず目を細める。

「でも季語なんて、急にどうしたんですか？」

「実は颯子さまに、燐太郎は面白みに欠ける。何か趣味を持て。俳句でも始めたらどうだ、と、すすめられてな」

　燐太郎は少し困ったような苦笑いをうかべた。

「それで季語ですか」

「狐も冬の季語だぞ。一年中いるのに、人間の考えていることはよくわからないな」

　そう言うと、燐太郎はすっと手を閉じ、狐火を消したのだった。

　江戸時代の人々は、大晦日の夜、王子稲荷神社へむかって行列する狐たちの狐火の数で、翌年が豊作か否かを占ったという。

　先ほどの瞬太の話を燐太郎が聞いたら、なるほど、だから狐火は冬なのだな、と、納得するだろうか……。

三

葛城は時計を見て、追想の海からもどってきた。

あの人がじりじりしながら待っていることだろう。

ずっと左手に持ったままだった携帯電話で、違う人に発信する。

「こんばんは。お待たせしました、呉羽さま」

「待ったわ！　今日は話がずいぶんはずんだのね」

うらやましそうに呉羽が言う。

葵（あおい）呉羽、瞬太の生みの母である。

「申し訳ございません」

葛城は携帯電話を耳にあてたまま、丁重に頭をさげた。

「それで、あの子とはどんな話をしたの？　早く教えて！」

「狐の行列という、なかなか興味深い行事について教えてもらいました」

「ああ、王子の狐の行列ね。それならあたしも知ってるわ」

呉羽はちょっと自慢げだ。

呉羽は瞬太を王子稲荷神社の境内に置き去りにした後、決して王子には近寄らなかったものの、やはり気になって、王子や王子稲荷のことをずっと調べていたのだという。

「他には？　あたしのことを何か言ってなかった？」

「今日は狐の行列の説明で、ずいぶん時間がかかってしまったので」

「そう、やっぱりあたしのことなんか興味ないのね……」

意気消沈した様子で、呉羽がつぶやく。

「生みの母親のことが気にならない子供はいませんよ」

「そうかしら？　だって先週も、先々週も、お互いの近況報告で終わったんでしょう？」

「ええと、そうでしたか？」

「そうよ！　あなたは誤魔化すのが下手ね」

「すみません……」

葛城はしょんぼりと謝る。

「ううん、あたしの方こそごめんなさい。貴重なお休みの夜なのに、毎週、あの子に電話してもらって」

「いいえ、私も瞬太さんへの電話は楽しみにしていますので、お気遣いなく」

「ありがとう。そういう優しいところは燐太郎さんそっくりね」

「瞬太さんも優しい子ですよ。充電を怠っていないということをお伝えしたくて電話しました……というのは、みえすいた口実で、本当はただ瞬太さんと話したいだけだと、とっくに気づいているでしょうに、毎週、私のたあいのない話につきあってくれて」

　これがクラブドルチェの雅人だったら、充電をさぼってないことはもうわかったから、来週からはもうかけてこないでいい、と、はっきり言うだろう。

「そうなのかしら。だとしたら、人間の両親に感謝すべきね」

「はい。瞬太さんは、自分が愛情をたっぷりそそがれて育てられたことを、よくわかっているようです。でもそのぶん、実の両親のことを知りたいと思うことに、遠慮があるのかもしれません」

「そうなのかしら……。ううん、十八年前にあの子を手放したあたしのことを憎んでも当然のところを、そうしないでいてくれるだけありがたいと思わなきゃよね」

電話のむこうで、スン、と、呉羽が洟をすする音がきこえる。

もちろん呉羽も、好きこのんで我が子を人間に託したわけではない。恒晴の手から守るための最善の道として、苦渋の決断をしたのだ。

「遠くからでいいから、あの子のことを見られたらいいのに」

呉羽はぽつりとつぶやく。

「なんでも佳流穂さまは、瞬太さんの高校の食堂で、調理師をしていたらしいですよ」

月村佳流穂は、颯子の娘で、呉羽の従姉にあたる女性だ。

「佳流穂って、たまに突拍子もないことするわよね。あの行動力は颯子さま譲りなのかしら」

「そうかもしれません」

「あたしに佳流穂の真似ができると思う？」

「もう顔がばれているので、難しいかと」

「変装して行ってもだめかしら？　帽子とサングラスとマスクでばっちり顔を隠せば」

「それはかえって目立つ恐れがあります」

「そうなの？」

呉羽があまりにしょんぼりと言うので、葛城は気の毒になった。

「でも、そうですね、狐の行列ならお面をつけた人がたくさんいるそうですから、あやしまれることなく、近くまで行けるかもしれません」

「あの子も狐の行列に参加するの？」

「ええ、先ほどの電話によると、陰陽屋（おんみょうや）の店長さんと一緒に参加されるようです。あとご学友たちも」

「お友だちと一緒なのね！　見たいわ、そして会いたいわ！」

呉羽は声をはずませる。

「それでは早速、お面と着物をご用意します」

「そうね、そうね。あと一ヶ月。十二月はあの子の誕生日もあるし、楽しみがいっぱいだわ。ありがとう、ありがとう、ありがとう！」

呉羽の踊りださんばかりの声に、つい葛城の口もともほころんでしまう。

「小志郎さんも来るでしょう?」

「私ですか?」

意表をつかれて、葛城は思わず問い返す。

「大晦日はお仕事?」

「いえ、例年大晦日は早じまいです」

「じゃあ問題ないわ。きっと楽しいわよ」

「はい」

「それじゃあ今日はこのへんで。また来週お願いね!」

「承知いたしました」

葛城は通話を終了すると、立ち上がり、卓上カレンダーを見た。

十二月三十一日に、狐の行列、と、書き入れる。

狐の行列か。

一体どんな行列なのだろう。

人間たちに交じって、化けギツネが遊びに行くのも、また一興といったところだろうか。

着物はどれがいいだろう。

自分もお面は買った方がいいのだろうか。

ショウさんと、お友だちのみなさんに囲まれた瞬太さんを見られると思うと、たしかに楽しみでならない。

今年はまるで指折り正月を待つ子供のように、大晦日を心待ちにする十二月になりそうだ。

## 第十話

# 今日も頑張れ、キツネ君

本格的な冬将軍が到来した十二月の上旬。

いつものように、夕方四時すぎに陰陽屋へやってきたキツネ君は、休憩室にはいってくるなり、おれをにらんだ。

「祥明、おれ、もう我慢できない！」

「どうした」

おれはベッドに寝そべったまま、さっとキツネ君の様子を観察した。

飛鳥高校の制服にマフラー、通学かばんに靴。服装はいつも通りだ。

顔色は若干青白いが、寒風ふきすさぶ中、高校からうちの店まで歩いてきたのだから、まあ、こんなものだろう。

やはりおかしいのは顔の表情だけか。

キツネ君はもともとつり目だが、今日はいつも以上につり上がっている。まなじりを決する、とでもいおうか。

む、さては賃上げ交渉か？

もしやボーナスをよこせとか？

おれは悠然とくつろいでいるふりをしながら、心の中で冷や汗をかいた。

だがキツネ君は、通学かばんをロッカーに放り込むと、いきなり頭をがばっとさげた。

「頼む！　祥明！　三井との相性を占ってくれ！」

「……はあ？」

「ほら、おれ、ついに自分の誕生日がわかったじゃないか。これまではどうせ自分の誕生日なんかわからないし、気にしてもしょうがないって自分に言い聞かせてたんだけど、誕生日がわかっちゃったから！」

「ああ、そういうことか」

賃上げ交渉ではないとわかって、おれは内心、ほっとした。

今月も陰陽屋は赤字スレスレなのだ。

こうなると、俄然、こちらが優位である。

「頼むよ！　三井との相性が気になって、おちおち夜も眠れないんだ」

「昼は寝てるんだな」

「……う、うん。授業中はつい……先生たちの声がここちよくて……エアコンも適温で……」

キツネ君は、ばつの悪そうな顔でごにょごにょ言い訳した。

卒業がかなり危ぶまれている現在の状況で、よくもそんなことが言えるものだ。

「まあそこまで言うなら占ってやってもいいが、先に確認しておきたいことが三つある」

「なんでも言ってくれ！　金ならないぞ！」

キツネ君は胸をはった。

「一回五千円、給料から天引き」

「ぐっ」

「やめておくか？」

「い、いや、それで頼む。二つ目は？」

「相性最悪、とでることもあるが、覚悟はできているのか？」

「ぐはっ」

キツネ君は手で胸をおさえた。

「最悪って相性もあるのか……」

「もちろんあるさ。全部相性良しとでたんじゃ、占いの意味がないからな」

どうやら、せいぜい「相性はイマイチ」くらいの覚悟しかしていなかったらしい。

「相性最悪だと、具体的にどうなるんだ？」

「どうもこうも。どんなに頑張ってもうまくいかないどころか、逆に鬱陶しがられる」

「そこまで……」

「もちろん占いは所詮占い、まるっと無視してもかまわないわけだが」

「そ、そうか」

ほっとした様子のキツネ君に、おれはニヤリと笑いかけた。

「おまえにそれだけのハートの強さがあるのかは疑問だな。しかも五千円をどぶに捨てることになるし」

「うあっ、どうしたらいいんだ!?」

ハートが弱いキツネ君は、両手で頭を抱えてもだえはじめた。

うーん、面白すぎる。

しばらく一人でブツブツ言っていたキツネ君は、おれが寝そべっているベッドの端に両手をついて、顔をぐいっと近づけてきた。

「先に三つ目の確認を聞いてもいい？」

どうやら二つ目の問題は先送りすることにしたらしい。

「まあいいだろう。三つ目の確認は、そもそも……」

言いかけて、おれははっとした。

そもそもキツネ君は、ずいぶん前に三井さんにふられているのに、相性を占うことに意味があるのか、と、尋ねるつもりだったのだが、よく考えたら、このことは秀行から聞いたんだった。

つまり、キツネ君がふられたことは、知らないふりをしないといけないのだ。

あぶない、あぶない。

あやうく地雷を踏むところだった。

しかもキツネ君がふられた理由はおれだという話だし。

うん、これは絶対言っちゃダメなやつだ。

まあ、結ばれる可能性ほぼゼロのアイドルや俳優との相性を占ってほしいというお客さんもたまにいるし、これはこれでありか。

「そもそも何？」

キツネ君はドキドキそわそわしながら、おれの質問を待っている。

よほど興奮しているのか、だんだん瞳が金色の輝きをおびてきた。

「あー、そもそも、彼女の誕生日はわかってるんだろうな？」

おれはとっさに質問をさしかえた。

「あっ……！」

キツネ君は瞳を大きく見開いたまま硬直する。

「……おい」

おれが読みかけの本でキツネ君の頭のてっぺんをポコリとたたくと、へなへなと床に座りこむ。

半分白目で、口もあけっぱなしだ。

さすがキツネ君、期待を裏切らない男である。

自分の誕生日がわかったことにうかれていて、肝心の、三井さんの誕生日を聞いていなかったらしい。

もしくは聞いたが、忘れてしまったか。

まあ、こういうツメの甘さがキツネ君らしいといえばらしいのだが、いっそすがすがしいほどのうかつさである。

「本人に電話して聞いてみたらどうだ？」

「無理……」

キツネ君にそんな勇気があるはずないか。

「親友の倉橋（くらはし）さんなら誕生日くらい知ってるだろう」

「絶対教えてくれないよ」

「ふむ」

ちなみにおれは三井さんの誕生日を知っている。陰陽屋の常連客だからだ。

しかしここは、うかれきったキツネ君の占い熱を沈静化させるためにも、黙っていることにしよう。

そもそも相性占いがどうこうなんて、うわついたことを言ってる場合じゃない。

卒業も就職もなにひとつ決まっていないのだ。

「じゃあこの話は終わりだな。さっさと着替えて階段を掃除しろ」

あえて冷たく言い放つ。

「うん……」

「終わったら英語の宿題。きっと宿題がでたことも気づいてないだろうから伝えてくれって、ソバカス少年からメールがきてたぞ」

「うう……」

キツネ君はのそのそ立ち上がって、ロッカーにむかった。

ロッカーの扉をあけようとして、おでこをぶつける。

今日もキツネ君は相変わらずだった。

（十三巻へつづく）

## あとがき

お待たせしました、陰陽屋シリーズ十二巻「よろず占い処　陰陽屋百ものがたり」です。

前巻「秋の狐まつり」がでてから、ちょうど一年ぶりになります……と書くと、どれだけ仕事さぼってたんだよ！って言われそうですが、実は三月に「よろず占い処陰陽屋へようこそ　春の狐まつり」という朗読劇を開催していただいたので、その台本を書き下ろしたりしていました。

台本はなかなかの仕上がりで、なんて図々しいことは言いませんが、諏訪部順一さん（祥明）、松元恵さん（瞬太）、小野友樹さん（委員長）をはじめとする豪華声優陣のすばらしい演技のおかげで、素敵に愉快な朗読劇になりました。

あらためてキャスト、スタッフ、ご来場くださったみなさま、開催にご尽力くださったみなさまに心より御礼申し上げます。

なお十一巻のあとがきでお知らせした陰陽屋シリーズのオーディオブック（朗読は

松元恵さん）は、その後も着々と続刊をリリース中なので、「陰陽屋　キクボン」で検索してみてください。

さて、ここからはネタバレになります。

十一巻がでた後、「陰陽屋シリーズを終わらせないでください」というありがたい声をたくさんいただいたので、「じゃあ瞬太を留年させちゃおうかな」とつぶやいたら「留年はかわいそうだからやめて！　でも終わらせないで」というたくさんのお返事が。これはどうしたものか五分ほど熟慮した結果、前々から書きたいと思っていたスピンオフ短編を何本か先に書いてしまうことにしました。

というわけで十二巻はスピンオフ短編集です。

どの話も書いていて楽しかったのですが、思いつくままにつらつら書いているうちに、十本になっていたのには自分でも驚きました。

まず第一話の「国立(くにたち)あやかし綺譚」ですが、書いてみたら予想以上に中学生ヨシアキが生意気で、思わず春記さんに同情しそうに（笑）。

寧子と蜜子の着物のコーディネートは、着物にくわしい古流わかば会の先生方に相談にのっていただきました。

寧子の「ねずみ色の色無地に黒の喪帯」という完璧コーデはすんなりと決まったのですが、蜜子の「赤紫の江戸小紋（紋付き）に大きな真紅のばらの柄入りの黒い帯」という「着物の知識がある人にもない人にもわかりやすいドレスコード逸脱コーデ」は和裁の達人の先生が苦労して考えてくださったものです。どうもありがとうございました。

二話の「秘密のお孫ちゃん」は、ちびっ子瞬太と、初登場にしてたぶんもう出番がないであろう治じいじが目立っています。が、個人的には、まだ会社員だった頃の吾郎さんが新鮮でした。

第四話の「海神別荘」は、瞬太の従姉の瑠海ちゃんと伸一君の恋物語（？）です。一昨年、取材旅行で訪れた唐桑半島の遊歩道があまりに素敵だったので、ここに架空のカフェダイニングをたててしまいました。

予定ではもっとさわやかで胸キュンな少女小説になるはずだったのですが、これまた書いてみたら予想以上に伸一がヘタレだったため、こんな愉快な話になってしまいました。

そしてファーストキスまでいく予定だったのですが、これまた仲一のせいで、かなりのページ数を費やしたにもかかわらず、初デートどまりですよ。

さすが瞬太とわかり合った逃げ仲間ですね、トホホ。

そんなこんなで第四話はいつかまた続きを書きたいエピソードの筆頭です。次回こそは胸キュン目指しますよ！

芋煮会のことから女子高生のスカート丈まで、いろいろ教えてくれた気仙沼出身のみなさま、どうもありがとうございました。

第九話「真冬の狐火」では、ついに葛城さんに名前をつけてしまいました。

お兄さんが燐太郎なので、弟も郎で終わる三文字の名前がいいかなぁ、などと考えて決めたのですがいかがでしょうか？

燐太郎さんを初めて書いてみたのですが、「ほほう、こういう人ですか。なるほどなるほど」と興味深かったです。

さて、毎回、第一稿ができたところで、ポプラ社の担当編集者さんとらいとすたっふ（私の所属事務所）の安達さんと三人で打ち合わせをするのですが、今回は「中学生の時はあんな調子だったヨシアキ君が店をだせるまでになるなんて、随分成長したなぁ」「最近では瞬太の面倒までみてやってますよ」「雅人（まさと）さんのおかげですね」「雅人さん、すごい」という話で盛り上がりました。

というわけで、十二巻は、祥明の成長と雅人さんの功績が明らかになった巻だったようですよ（笑）。

十三巻では本編に戻ります。

この先どんな展開にするのか、おおざっぱなところは前々から決めているのですが、実際に書いてみると予想外な方向にいってしまうことがしばしばあるので、私自身ドキドキです。

無事に十三巻でお目にかかれますように。

二〇一九年　九月吉日　天野頌子

（追伸）新刊のお知らせ、うちの猫自慢（親ばか）、その他近況はツイッター（@AmanoSyoko）にてお知らせしています。

えんえんドラマとアニメと猫の話ばかりしている時は、家にひきこもって真面目に仕事をしている証拠なので、むしろほめてやってください。

参考文献

『現代・陰陽師入門　プロが教える陰陽道』（高橋圭也／著　朝日ソノラマ発行）
『安倍晴明　謎の大陰陽師とその占術』（藤巻一保／著　学習研究社発行）
『陰陽師列伝　日本史の闇の血脈』（志村有弘／著　学習研究社発行）
『陰陽師――安倍晴明の末裔たち』（荒俣宏／著　集英社発行）
『陰陽道　呪術と鬼神の世界』（鈴木一馨／著　講談社発行）
『陰陽道の本　日本史の闇を貫く秘儀・占術の系譜』（学習研究社発行）
『陰陽道奥義　安倍晴明「式盤」占い』（田口真堂／著　二見書房発行）
『安倍晴明「占事略決」詳解』（松岡秀達／著　岩田書院発行）
『鏡リュウジの占い大事典』（鏡リュウジ／著　説話社発行）
『野ギツネを追って』（D・マクドナルド／著　池田啓／訳　平凡社発行）
『狐狸学入門　キツネとタヌキはなぜ人を化かす？』（今泉忠明／著　講談社発行）
『キツネ村ものがたり　宮城蔵王キツネ村』（松原寛／写真　愛育社発行）
『足裏・手のひらセルフケア』（椎名絵里子／著　手島渚／監修　椚出版社発行）
サイト：80C（ハチオー）こだわりの中華食材「食材狩人 2-11：スープも具もまるごと鮫！驚きの鮫ラーメン誕生」（構成・文／佐藤貴子《ことばデザイン》撮影／丸田歩）

https://80c.jp/food/20141029-314.html

本書は、書き下ろしです。

# よろず占い処 陰陽屋百ものがたり

天野頌子

2019年11月5日初版発行
発行者……千葉 均
発行所……株式会社ポプラ社
〒102-8519 東京都千代田区麹町4-2-6
電話……03-5877-8109(営業)
03-5877-8112(編集)
フォーマットデザイン 荻窪裕司(design clopper)
印刷・製本 凸版印刷株式会社

乱丁・落丁本はお取り替えいたします。
小社宛にご連絡ください。
電話番号 0120-666-553
受付時間は、月～金曜日、9時～17時です(祝日・休日は除く)。



ポプラ文庫ピュアフル

ホームページ www.poplar.co.jp

N.D.C.913/286p/15cm
ISBN978-4-591-16446-4
P8111287